Straße zur Verdammnis

Eine Sammlung von
gruseligen Kurzgeschichten
der Autoren

Birgit Raule und Michael Schneider

Impressum
Alle Rechte liegen beim Autor
Herausgeber: Michael Schneider
© Birgit Raule und Michael Schneider
Herstellung: Libri Books on Demand

ISBN 3 - 8311 - 0326 - 7

Die Muse

Kurzgeschichte von Birgit Raule

Gespannt saß ich vor dem hellen Bildschirm. Der Cursor blinkte und Microsoft Word wartete nur noch darauf, daß ich eine Taste drücken würde. Ein Kribbeln beherrschte meinen Körper, auf dem Monitor war eine leere Seite dargestellt. Sie würde nicht mehr lange so leer bleiben, denn ich hatte eine magische Begegnung. Es war meine Muse, die mich besucht hatte. Normalerweise kommt sie immer mal gelegentlich vorbei, küßt mich auf die Wange und weg ist sie wieder. Diesmal war es ein heißer und inniger Zungenkuß. Ihre Ableger, die sie mir damit hinterläßt, sind immer von der gleichen Art. Kleine Geschichten, paradoxe Gedanken oder manchmal auch nur ein mulmiges Gefühl. Ich weiß nie wann sie mich besuchen kommt, aber meistens erscheint sie dann, wenn ich sie gar nicht gebrauchen kann. So war es auch diesmal.

Ich stand in der Schlange vor der Kasse. Eine Oma rammte mir ihren Einkaufswagen in die Ferse. Meine Kinder rannten in allen vier Himmelsrichtungen durch den Supermarkt, um ja einen guten Eindruck zu hinterlassen, während ich den Inhalt meines Wagens auf das Band türmte. Ganz am Anfang stand ein Opa, der dieser Kassentante mit stoischer Ruhe sein Kleingeld in die Hand zählte. Vor mir standen zwei Frauen, die folgenden Dialog führten: Frau in roter Jacke:" Du, mit meinem Rainer stimmt was nicht!"
Frau in schwarzer Jacke:" Ach ja? Wieso?"
Rotjäckchen: "Gestern kam er sehr, sehr spät nach Hause! Von einer Konferenz ! Frisch geduscht!!!!"
Bestürzter Blick von Schwarzjäckchen: „OHA!!!"
Ich, die direkt dahinter stand und das Band belud und somit gezwungenermaßen das Gespräch verfolgte hielt kurz inne und dachte dasselbe. Heftiges Nicken bei Rotjäckchen, deren Augen verdächtig schimmerten. „Wenn der fremdgeht dann...!"
Sie machte eine eindeutige und aussagekräftige Bewegung von einer Seite zur anderen, direkt über der Kehle. Genau in diesem Moment

kam sie. Meine Muse: Wäre das nicht blöd, wenn sie ihn damit jetzt umgebracht hätte? Unbewußt? Nur mit dieser einen Geste?
Das wäre ja wirklich ein dickes Ding, dachte ich und fing an zu grübeln. Tausende Gedanken huschten durch meinem Kopf und ein Lächeln machte sich auf meinem Gesicht breit. Das gibt ja eine Geschichte! Rainer hatte Rotjäckchen gesagt. Nun, einen Rainer kannte ich auch und der würde als untreuer Ehemann glatt durchgehen. Prima, erste Personenbesetzung. Ganz spontan fiel mir auch die Sibylle ein, als wütende Ehefrau mit Mordgedanken, herrlich! Zweite Personenbesetzung. Meine Geschichte wuchs immer mehr, wurde größer und größer. In meinem inneren Kino liefen schon deutliche Szenen ab. Ich sah den Rainer mit seiner Sekretärin knutschen, während Sibylle, die zu diesem Zeitpunkt natürlich alles wußte, wutentbrannt...

Ein verlegenes Räuspern riß mich aus meinen Gedanken. Ich drehte mich um und sah einem schüchtern dreinblickenden Jüngling ins Gesicht. Sofort wurde mir bewußt, das ich ja noch an der Kasse stand. Gott, wie peinlich. Ich warf dem jungen Mann einen ganz freundlichen Blick zu, worauf dieser erschrocken zwei Schritte zurücktrat und zur Abwehr seine Ware schützend vor dem Körper hielt. Ich drehte mich um und sah der Kassentante direkt ins Gesicht. Erst jetzt bemerkte ich, das daß Band leer war. Meine Kinder, Gott hab sie selig, hatten schon alles in Tüten verpackt. „Macht 120,45 zum vierten Mal!" brummte die Kassentante und trommelte genervt mit ihren Fingernägeln auf dem Band. Mein Größter kam mit trüber Miene angeschlichen und fragte mich besorgt: „Mama? Hast du etwa deine monatlichen Be....?" Er verstand meinen warnenden Blick sofort und behielt den Rest seiner Frage für sich. Nun ja, ich bezahlte, packte meine Kinder und flüchtete aus dem Supermarkt. Ich bin mir bis heute noch nicht sicher, ob ich mein Wechselgeld oder auch alle Tüten mitgenommen hatte. Jedenfalls verging der Tag danach wie im Fluge. Ich konnte es kaum abwarten an den Computer zu kommen um meine Geschichte endlich zu schreiben. Also schickte ich meine Kinder sehr viel früher ins Bett als gewöhnlich.

Da saß ich nun und schloß meine Augen. Sofort sprang mein Heimkino an und meine Geschichte wuchs und wuchs. Mit jedem Wort, das ich eintippte wurde die Geschichte klarer und bunter. Sie begann zu Leben.....

Mit einem Ruck riß sie das Hemd entzwei. Ein zweiter trennte den Ärmel aus der Naht. Knöpfe sprangen wie Murmeln auf den Boden. Sibylle lies ihrer Wut freien Lauf. Nicht ganz vor fünfzig Minuten hatte sie ein Gespräch mit ihrem Ehemann.

„Schatz, heute wird es wieder etwas später! Ich bin gerade in einer Konferenz. Du brauchst nicht wach bleiben ,es kann sehr spät werden!" Das hatte er ihr ins Telefon geflüstert und sich auch noch die Mühe gemacht völlig zerknirscht zu wirken.

Sie riß wieder an dem Hemd. Kurz nach dem Gespräch hatte sie ein furchtbar schlechtes Gewissen. Sie, die jeden Tag zu Hause war und er, der von früh bis spät, so schwer im Büro arbeiten mußte. Ganz spontan entschloß sie sich ihn zu besuchen. In seinem Büro, mit ein paar kleinen sortierten Leckereien. Aber als sie dort ankam traf sie der Schock ihres Lebens. Sie hatte, kaum die Tür geöffnet, ein heftiges Atmen vernommen und unbewußt war sie stehen geblieben.

Das verstand ihr Ehegatte also unter Konferenz. Klar, er saß tatsächlich am Schreibtisch, nur das seine Sekretärin mit gespreizten Beinen auf der Platte lag. Sibylle konnte kaum fassen, was sie durch den Türspalt beobachten konnte. Angewidert und geschockt drehte sie sich um ,Tränen rannen über ihr Gesicht. Sie schluchzte hart und trocken auf. Tausend Gedanken schossen durch ihren Kopf. Keiner davon war auch nur annähernd liebevoll. Im Gegenteil. Die Heimfahrt und die restlichen Minuten danach verbrachte sie in einer Art Trance. Sie kam erst wieder richtig zu Sinnen, als sie sich im Badezimmer ihres Hauses übergab. Das Schlimmste an der Sache war, sie hatte es irgendwie gewußt. Schon immer!

Ihr Göttergatte arbeitete schon seit 10 Jahren als selbständiger Computerfachmann. Er hatte schon seit seiner Existenzgründung gut verdient und sich schon jeher eine Sekretärin geleistet. Dies war nun seine fünfte, denn irgendwie hatte er immer Pech mit seinen Empfangsdamen. Kaum waren sie zwei Jahre bei ihm beschäftigt, da verstarben sie auf unerklärbare Weise. Meist durch Herzinfarkt oder einen blöden Unfall. Sibylle war darüber nicht unbedingt traurig, sie fand es einfach nur komisch, das immer wenn sie den Eindruck hatte ihr Gatte hat etwas mit ihr laufen, dann verstarben die. Urplötzlich! Komisch!

Nicht das sie sich sicher war, das er mit den Frauen fremd ging, nein, allein ihr Verdacht hatte ausgereicht um unbändigen Haß erstehen zu lassen. Haß auf die Frau, die ihrem Mann das geben konnte, wozu sie nicht fähig war. Diesen Eindruck hatte sie. Der verflog natürlich jedes Mal, sobald sie die Nachricht vom plötzlichen Tod der Frau erfuhr. Nur dieses Mal hatte sie nicht nur einen Verdacht. Dieses Mal war sie sich hundert Prozent sicher. Es stimmt schon, die letzte Zeit hatte er wieder auffällig viele Überstunden und außerplanmäßige Konferenzen die sie zum nachdenken brachten. Auch das er immer öfters geduscht nach Hause kam, um dann todmüde ins Bett zu fallen. Auch das er seit Neustem seine Sachen in die Reinigung brachte, kam ihr schon verdächtig vor. Nur den Verdacht zu haben und es genau zu wissen sind zwei paar Stiefel.

Sie riß wieder an dem Hemd und selbst der beste Schneider konnte es nicht mehr in seinen Ausgangszustand bringen, den es hatte bevor sie ihren destruktiven Gefühlen freien Lauf lies.

Trotzig wischte sie sich die Tränen aus dem Gesicht und stand abrupt auf. Der Zorn schickte heiße Wellen durch ihren Körper. Sie verfluchte sich das sie einfach weggelaufen war, die Flucht ergriffen hatte. Sie haßte ihn, haßte ihn für das was er ihr antat und schon immer angetan hatte. Verzweifelt ging sie ins Schlafzimmer und schmiß sich auf das Bett. Sie schrie ihre Wut und ihren Schmerz laut hinaus. Dann hielt sie ganz plötzlich inne. Auf der Kommode stand ein eingerahmtes Bild ihres Angetrauten. Sein damals aufreizendes Lächeln kam ihr nun hämisch vor. „Du lachst mich nicht aus!" Wutentbrannt schleuderte sie den Bilderrahmen an die Wand. Hastete hinterher und fischte das Bild aus den Glassplittern. Sie nahm es in die Hand und betrachtete es lange......

Währenddessen im Büro.

Rainer saß vor seinem Schreibtisch und war glücklich. Diesmal hatte er echt einen richtigen Fang gemacht. Sie war blond, hatte endlose Beine und ein unbeschreiblich hübsches Gesicht. Als sie damals zu einem Vorstellungstermin gekommen war, hatte er ihre biologischen Vorzüge sofort bemerkt und deswegen über ihre unzureichende berufliche Qualifikation großzügig hinweg gesehen. Er lächelte.

Wie einfach war es doch gewesen seine Frau hinters Licht zu führen. Wie einfach sie zu hintergehen. Sie war, was sie natürlich nicht wußte, seine Alibifrau. Ein Garant für die Dauer seines Spiel, denn nichts machte ihm mehr Spaß als Frauen zu erobern, die er spontan auf seine Liste gesetzt hatte. Nichts machte ihn mehr an und er lies auch nichts unversucht, bis er sie geknackt hatte. Je mehr sich das Weib zierte, um so spannender für ihn. Hatte er sein Ziel erreicht, lies er sie eiskalt fallen. Manch uneinsichtige Gespielin hatte das einfach nicht verstanden. Dann zeigte er einfach auf seinen Ehering und die Sache war gegessen.

Sein Lächeln wurde immer breiter und ein gieriges Glitzern bemächtigte sich seiner Augen. Er hatte den schönsten Anblick, den er sich denken konnte. Seine Sekretärin saß mit gespreizten Beinen vor ihm auf dem Schreibtisch. Sie war besonders schwer zu knacken gewesen, deshalb freute ihn diese Eroberung besonders. Langsam tastete er mit seiner Hand zwischen ihre Beine, strich langsam sanfte Kreise. Drückte mal sanft, mal fordernd ihre empfindlichen Stellen. Ihr Oberkörper zuckte und bäumte sich auf, während ein heißes Stöhnen aus ihrem weit geöffneten Mund klang. Scharf zog sie die Luft ein, als er endlich mit den Fingern leicht gegen die Öffnung drückte. Er sah wie sie sich vor Verlangen auf die Lippen biß, sich selbst die Brust streichelte, um ihre Lust zu steigern. Ja, sie war bereit. Er nahm sie hart und heftig.

Er war dem Höhepunkt sehr nahe als sich plötzlich eine eiskalte Hand um seinen Hals legte. Seine Lungen schrien nach Luft und seine sexuelle Erregung fiel mit einem Male in sich zusammen. Seine Hand, die vorher noch eine Brust der Frau gestreichelt hatte, schlug nun wild um sich. Aber es war nichts da was er treffen konnte. Niemand war da. Nur die Frau, die ihn nun ganz perplex anstarrte und er.

Er hob beide Arme und versuchte die Umklammerung zu lösen die sich um seinen Hals gelegt hatte. Aber seine Finger fanden nichts. Er betastete seinen Hals aber er konnte die Hand nicht erfassen, die nun immer mehr zudrückte.

Heißer Schmerz fuhr über seinen Rücken. Er konnte fühlen wie seine Haut von der Schulter abwärts in Streifen abgerissen wurde. Auf seiner Brust erschienen kleine Löcher aus dem das Blut in kleinen pulsierenden Fontänen schoß.

Rainer öffnete den Mund und schrie. Er war noch in der Frau, sie hatte ihn mit ihren Beinen umklammert, und er schrie.

Er versuchte sich von ihr zu lösen, kam aber keinen Millimeter frei. Sie schaute ihn mit weit aufgerissenen Augen geschockt an. Klammerte unbewußt immer mehr. Sie schrie nicht. Sie starrte ihn nur an. Sie sah das viele Blut, das an ihm herabfloß, sah wie sich die Haut an mancher Stellen löste und das rote Fleisch hervortrat. Sie sah den grenzenlosen Schmerz in seinen Augen. Sie hörte ihn Schreien. Ihr Beine verkrampften sich immer mehr. Ganz langsam stieg ein beißender Qualm auf. Das

Blut, welches auf Rainer herabfloß schlug Blasen. Die wenige Haut, die noch vorhanden war, rötete sich zuerst, platzte dann auf um sich dann schwarz zu kräuseln. Rauch stieg auf. Kleine bläuliche Flammen huschten über das schreiende Etwas, das immer noch in ihr war. Er brannte. Jetzt schrie sie auch, aber es war zu spät!

Jemand drückte die Klingel an der Haustür. Sibylle wischte sich die Tränen aus dem Gesicht und ging aufmachen. Ein rußverschmierter Feuerwehrmann stand mit betrübter Miene vor ihr und suchte nach den passenden Worten. Worte, die der Ehefrau begreiflich machen sollten das ihr Mann durch einen Brand zu Tode gekommen war. Er erklärte ihr es mit leiser einfühlenden Stimme, das ihr Mann nicht alleine gestorben war verschwieg er noch. Er erzählte ihr auch nicht das der Gerichtsmediziner über eine spontane Selbstentzündung nachdachte, da außer ihm und der anderen Person nichts verbrannt war. Nicht mal die Schreibtischplatte war angesengt.
Nachdem der Mann gegangen war schloß Sibylle die Tür und lehnte sich aufseufzend dagegen. Eine einzige Träne stahl sich aus ihrem Auge. Ärgerlich wischte sie diese weg. Sie drehte sich um, ging ins Schlafzimmer und setzte sich auf die Kante vom Bett. Ungläubig starrte sie auf das verkohlte Bild ihres Mannes, das sie zuerst zerknüllt, dann zerrissen, mit einem Stift durchlöchert und dann schließlich angesteckt hatte. Lange saß sie staunend über dem Rest des Bildes, dann zuckte sie beiläufig mit den Schultern. Mit einem kalten Lächeln hob sie die Hand und zerdrückte es zu Asche.
Sie war sich sicher das sie diese Urnenbestattung nicht viel kosten wird.

Zufrieden hob ich meine Hände von der Tastatur. Ein wenig machte ich mir Gedanken, ob sich ein gewisser Rainer dadurch nicht beleidigt fühlen könnte, oder gar angesprochen. Ich grübelte ernsthaft darüber nach und tat es dann als reinen Unsinn ab. Schließlich habe ich meiner Muse versprochen es a) niemals persönlich zu meinen, b) Niemals über eine unfertige Geschichte zu reden und c) Kritik nur dann mit offenen Ohren zu empfangen wenn sie konstruktiver Natur ist. Meine Geschichte war nun fertig, aber irgendwas schlummerte noch in mir. Ich ging immer noch mit einer Geschichte schwanger, und das schon seit Wochen. Leider war sie noch nicht fertig ausgereift. Aber was soll's, ich kann ja schon mal den Anfang schreiben, vielleicht kommt der Schluß wie so oft von ganz alleine...

Es war ja erst halb drei morgens, noch viel Zeit bis meine Kinder aufstehen. Außerdem hatte ich viel zuviel Kaffee getrunken, um zu dieser Zeit ins Bett zu gehen. Also speicherte ich meine erste Geschichte ab und öffnete eine neue Seite.

Ich schloß meine Augen und schon wieder sprang mein Heimkino an...

Müde saß Birgit auf der Couch. Vor ihr lag ein Block, auf dem mit ungelenker Handschrift einige Worte gekritzelt waren. Sie kaute gedankenverloren auf ihrem Kugelschreiber und merkte nicht wie die Schreibflüssigkeit ihre Lippen verfärbte. Sie grübelte. Dann wieder schien sie einen guten Einfall zu haben, denn ein Lächeln erhellte ihr Gesicht und der Stift huschte nur so über die Seite. Sie war so in ihren Gedanken vertieft, das sie nicht bemerkte wie das Deckenlicht leicht flackerte. Wie eine Kälte in ihr Zimmer kroch und sich auf dem Boden ein leichter Dunst bildete. Sie drehte sich auf den Bauch und schrieb konzentriert weiter. Aus dem Kopfhörer klang leise Musik, denn ohne ihren heißgeliebten Walkman ging fast gar nichts. Sie wippte mit dem Füßen leicht den Takt mit. Ein Schatten erschien in der Tür. Ein großer Schatten. Ein verhaltenes Knurren erklang. Das Wesen schob sich immer mehr ins Zimmer. Birgit lag immer noch bäuchlings auf der Couch und schrieb. Sie bemerkte nichts von allem. Zu tief war sie in ihrer eigenen Welt versunken, so das sie die Gestalt nicht bemerkte.

Glitzernde Augen betrachteten die Frau. Die Bestie wollte Rache nehmen. Rache an der Frau, der es sein Leben verdankte. Die Schreiberin hatte unwissentlich die Macht Dinge aus ihrer Phantasie aufleben zu lassen. Ihnen das Leben zu geben und wieder zu nehmen. Die Bestie schäumte vor Zorn. Schon sehr oft mußte es auf dieser Erde wandeln um dann auf schreckliche Weise wieder vernichtet zu werden. Nur diesmal hatte die Bestie einen eigenen Weg gefunden. Einen Weg in dieser Dimension zu existieren. Einen eigenen Willen zu haben und nicht irgend einem geschriebenen Wort Folge zu leisten, das eine miese Schreiberin zu Papier gebracht hatte.

Jetzt wo die Bestie dicht vor ihrem Ziel stand, wuchs ihr Zorn immer mehr. Er verachtete die Frau. Er haßte sie abgrundtief. Haßte sie, wie sie dalag und lächelte und gerade jetzt viele seiner Brüder in einen grausamen Tod schickte. Eigentlich wollte er ihr dabei in das Gesicht schauen. Sie sollte sehen wie sehr er sie haßte, ihr den Tod wünschte, den er wegen ihr ertragen hat müssen. Aber sein Zorn war unermeßlich. Er warf sich nach vorne und hieb ihr seine behaarte Klaue in den Rü....

Die Selbstmordhitparade

Kurzgeschichte von Michael Schneider

Seit Stunden wartete ich am Rande einer kaum befahrenen Landstraße und hielt nach einer Mitfahrgelegenheit Ausschau. Bis zu meinem Heimatort waren es nur einige wenige Kilometer, doch diese Strecke zu Fuß zu bewältigen erschien mir als ein Problem welches ich infolge des langsam sinkenden Alkoholspiegels in meinem Blut nur unter größter Anstrengung meistern konnte. Schon des öfteren hatte ich mir geschworen meinem hohen Alkoholkonsum grenzen zu setzen, doch sobald ich in Gesellschaft anderer war und nur irgend jemand ein Glas Bier oder Weinbrand hinunterkippte waren alle guten Vorsätze dahin. Jenes anfängliche Wohlbehagen nach den ersten vier Gläsern Bier, welche ich oft hastig hinunterspülte, steigerte sich mit zunehmender Menge zu einem Höherflug von grenzenloser Euphorie, um plötzlich schlagartig in der Abgrund bodenloser Depression und mengenbedingtem Desinteresses zu stürzen. Kein noch so geschmackloser Scherz meiner Freunde vermochte mich dann noch zu erheitern. Es war Zeit zur Heimkehr, um eine weiche Landung in meinem Kopfkissen zu vollführen. Endlich Auszuruhen wäre das größte Glück, gäbe es dort nicht die wiederholt unangenehme Traumextase von einem halbverwesten Autofahrer, dessen Bild in meinen Alpträumen zunehmend realistischer wurde. Meine Traumerlebnisse schienen langsam aber stetig eine eigene zweite Art von erlebter Wirklichkeit zu reflektieren. Nach einem unsanften, schweißgebadetem Erwachen vergaß ich zwar nicht das Erlebnis, jedoch jenes durch Zerfall entstellte Gesicht, einer Fratze gleich, vergaß ich immer innerhalb von Sekundenbruchteilen...

Nun stand ich hier an der Landstraße und ein kalter Wind bestrich unsanft die im absterben begriffene Herbstlandschaft. Voller Erwartung richtete ich meinen leeren Blick gen Himmel, wo ein hämisch grinsender Mond seine kalten Strahlen auf Wiesen und Wälder rings um mich warf und die Szenerie in ein gespenstisches unwirkliches Licht tauchte. Von Westen her drang leise und unterschwellig mit den lauten der nächtlichen

Natur vermischtes Motorengeräusch an meine Ohren, welches beim herannahen immer mehr zu einem alles übertönenden Brummen anschwoll. Verwundert und zugleich voller Neugier drehte ich meinen Kopf zur Seite. Ein greller Lichtkegel zweier Scheinwerfer raubte mir augenblicklich die Sicht und ich schloß einfach meine geblendeten Augen. Instinktiv von einem unerklärbaren Zwang getrieben streckte ich meinen Arm aus und stellte den Daumen Senkrecht zur geöffneten Faust. Der Fahrer bremste seinen Wagen langsam ab, schaltete in einen niedrigeren Gang zurück und schlich mit untertourig laufendem Motor auf mich zu, wie eine Raubkatze die sich ihres Opfers gewiß war. Langsam öffnete ich meine Augen, doch mein vom Alkohol getrübter Blick ließ im Augenblick keinen Rückschluß auf Fahrer und Wagen zu...

Als der wagen direkt vor mir hielt hatten sich meine Pupillen soweit der neuen Situation angepaßt. Mein Blick klärte sich langsam auf und ich nahm die schattenhaften Umrisse eines alten Opel Kadett Coupés wahr. Wortlos öffnete der Fahrer die Tür und deutete mir mit einem Wink an in seinem Wagen Platz zu nehmen. Befremdet und zugleich verwundert nahm ich sein Angebot willig entgegen, stieg ein und schlug die Tür neben mir mit einem lauten Knall zu. Endlich sitzen und die vom langen stehen in der Kälte ermüdeten, verkrampften Beine ausruhen zu können war mein erster Gedanke. Aber ich sollte keine Gelegenheit bekommen meine Gedanken weiterzuspinnen, denn mein Chauffeur beschleunigte abrupt und hatte binnen weniger Sekunden den vierten Gang eingelegt. Mein Körper wurde förmlich in den Sitz gepreßt, wobei ich einen leichten Druck in der Magengegend verspürte. Das Innere des Wagens war bis auf die Armaturen nur recht spärlich beleuchtet. Meine Augen versuchten die Dunkelheit zu durchdringen, jedoch nahm ich nur den schemenhaften Umriß eines Menschen wahr, der sein Gefährt zielsicher durch die Dunkelheit manövrierte. Ich blickte auf den Tachometer, welcher genau bei 120 km/h stand und sich nicht bewegte. Eine unmögliche Geschwindigkeit bei dieser Straße, einer engen Fahrbahn die sich wie ein kurviges schmales Band aus Asphalt durch die Landschaft frißt. Bäume und Sträucher, nur wenige Sekunden vom Strahlengang der Scheinwerfer erfaßt, fliegen wie nichts vorbei. Geäst greift scheinbar mit langen Krallenarmen nach uns, um gleich wieder im Nichts der Dunkelheit zu verschwinden. Neugier und Verlegenheit kämpften in mir um den Sieg, voller Wißbegier gelang es mir schließlich doch mich zu überwinden und ich begann zu fragen: "Sie haben mich mitgenommen, einfach so, ohne mich zu kennen und ohne zu Wissen wo ich hinmöchte ?" Ich bekam keine Antwort auf meine Frage, was mich etwas verwirrte, doch mein Rauschzustand hinderte mich daran komplexe Gedankengänge in meinem Hirn zu formieren. Völlig unbeirrt richtete der Unbekannte sein Gesicht weiter in Richtung Windschutzscheibe, meine Worte entlockten ihm nicht einmal eine Handbewegung oder ein Achselzucken. "Wenn Sie sich nicht mit mir unterhalten wollen, stellen Sie doch wenigstens das Radio an", bat ich ihn fordernd, im betrunkenen Zustand verliere ich oft mein Taktgefühl. Der Fremde löste sich aus seiner Starre und seine Hand bewegte sich geräuschlos zum Radio. Ein Schalter knackte und aus dem Äther drangen Laute und Geräusche, welche in ihrer Lautstärke und Intensität meine Trommelfelle in Vibration versetzten. Kreischende Gitarren, schaurig krächzende Gesänge und hämmernde Trommeln übertönten lautstark das Brummen des Motors. Ich versuchte meinem Gegenüber klar zu machen, er solle bitte die Musik leiser stellen, doch keines meiner Worte drang bis zu ihm vor. Ebenfalls getraute ich mich nicht die Lautstärke selbst zu drosseln oder den Fremden durch einen Schlag auf die Schulter dazu zu bewegen. Noch immer verfolgte er Stur wie ein Roboter seinen Kurs, die ihm entgegenrasenden Kurven und Geraden auskorrigierend und balancierend. Eine unerklärliche Furcht überkam mich, als ich mich unbewußt mit dem Lied aus dem Autoradio beschäftigte, jeder weitere Versuch einer Unterhaltung oder eines Dialogs mit dem Fahrer erschien mir plötzlich unmöglich. Aus den Lautsprechern dröhnte das Lied HIGHWAY TO HELL der Rockgruppe AC-DC, Hardrock für den selbstmordgefährdeten Autofahrer mit Gespür für die Inszenierung des eigenen Freitodes. Doch ich kam nicht weiter dazu in meinen eigenen Gedanken herumzugraben, denn ein wilder Ruck schleuderte mich nach vorne. Der Gurt fing mich auf und sein breites Band schnürte mir fast den Magen zusammen. Bremsen quietschten, doch der Wagen kam nicht zum stehen sondern beschleunigte sofort wieder. Der Irre mußte das Gaspedal bis zum Anschlag durchgetreten haben, Haarscharf nahm er die Kurven und Biegungen. Bäume schossen unsagbar schnell auf uns zu und signalisierten die unmittelbare Nähe des Todes, sie huschten in nur geringer

Entfernung am Wagen vorbei. Der AC-DC Song trug seinen Teil dazu bei und die anfängliche Furcht begann in wilde Angst umzuschlagen, Überlebensangst!
Die Musik ebbte ab und endete fast Lautlos, gleichzeitig nahm der Fremde die Geschwindigkeit auf ein erträgliches Maß zurück und bändigte seinen motorisierten Dämon von einem Wagen. Entspannt und erleichtert atmete ich auf, doch die nächste Überraschung hatte man schon für mich parat...

Das mattblaue Licht der Senderskalenbeleuchtung verstärkte seine Leuchtkraft zu einem schleimig schimmernden Blau und gab nun einen Blick auf das Wageninnere und den Fremden frei. Die Inneneinrichtung machte einen abgenutzten, gar gammeligen Eindruck und ich nahm nun einen leicht bitteren Geruch wahr, der mir noch nicht aufgefallen war. Neugierig begann ich nun den Fremden mit meinen Sinnen zu erfassen. Seine der meinen erstaunlich ähnliche Gestalt, das vergleichbare Gesichtsprofil und selbst das scheinbar gleichlange Haar erweckten den Eindruck in mir als begegnete ich gerade meinem nicht existierenden Zwillingsbruder. Im blauen, unwirklichen Licht durchbohrten mich plötzlich die Fangnetze zweier eiskalter Diamanten. Augen, leblos und grausam, drückten eine Fähigkeit zu unberechenbarem Handeln aus. Entsetzen und Ohnmacht lähmten mich. Er beugte sich über mich und spie mir seinen fauligen Atem ins Gesicht. Eine unbeschreibliche Mischung aus Ekel und blankem Entsetzen ballte meinen Magen zur Faust. Der Einsatz einer neuen Schlagzeug- und Gitarrenorgie ertönte mit dem Titel BALLS THROUGH THE WALL aus den Lautsprechern. Er ließ von mir ab und erst jetzt bemerkte ich, das wir uns immer noch bewegten. Die Mischung aus Licht, Musik, Geschwindigkeit, Angst, Verlorenheit und apokalyptischem Wahn ließ nun auch mein Inneres völlig zusammenbrechen. Jetzt wo er meinen Willen fast gebrochen hatte war ich bereit ihm das Opfer abzugeben nachdem er verlangte. Noch huldigte er den infernalischen Sägenklängen und Unterweltgesängen von ACCEPT. Meine Galgenfrist betrug noch weniger als zwanzig Sekunden, dann würde die Musik enden und wahrscheinlich auch meine Existenz. Doch meine Gefühle, Sinne und mein starker Selbsterhaltungstrieb wehrten sich vehement als er ein blutverkrustetes Küchenmesser, dessen Kälte ich schon spüren konnte, an meinen Hals setzte. Sein bisher regungsloser Mund formte ein sadistisches Grinsen, das Ritual begann. Mein Lebenswille in mir schrie auf und mein bewegungslos verharrender Magen implodierte und gab seine Ladung frei. Gewaltsam öffneten sich meine Lippen und ein breiter, stinkender, aus kleinen Brocken bestehender Bannstrahl durchkreuzte seine Mordpläne. Mein angesäuerter Mageninhalt traf ihn als geballte Ladung in Gesicht und Augen. Mit einem unmenschlichen Schrei verlor er die Kontrolle über den Wagen. Nach einigen dumpfen Schlägen drehte sich alles und ich stürzte in ein tiefes dunkles Loch...

Schmerz, das erste was ich wieder fühlte war ein stechender Schmerz in meinem Kopf. Ich öffnete langsam meine Augen und sah eine auf den Kopf gestellte Welt unter mir. Aus dem bodenlosen Nichts tauchte eine gelbe Scheibe aus lichtumkränzten, wabernden Gefilden hervor. Seitwärts über mir hingen Gräser und Büsche dem Abgrund entgegen, seltsam von unheimlicher Kraft angezogen. Mein Kopf drohte durch einen übermächtigen Druck zu bersten und mir lagen noch immer die letzten Fetzen der Musik in den Ohren, wie die Töne einer Glocke wenn sie langsam ausschwingt. Plötzlich fing der Lautsprecher wieder an mir nervenzerreißende Geräusche in die Ohren zu spucken, das gleißen des blauen Lichts fing wieder an und brannte sich in meine Augen. Vorsichtig legte ich meine Hand auf den Lautstärkeregler des Radios und drehte daran, doch nichts tat sich. Zu meiner Überraschung war der Platz hinter dem Lenkrad leer, mein Peiniger hatte seine fahrende Folterkammer verlassen. Irgendwo dort draußen lauerte er auf mich um mich endgültig zu vernichten, er wollte sein Opfer noch etwas zappeln lassen. Das mir unbekannte Lied verstummte und eine gespenstische Stille setzte ein. Ich öffnete den Sicherheitsgurt, rollte auf meine Schulter und zwängte mich mühsam durch das geborstene Seitenfenster. Nachdem ich mich befreit hatte richtete ich mich auf und trat ein paar Schritte zurück, meinen Augen bot sich der Anblick eines zertrümmerten Blechhaufens. Meine Augen wanderten in der nächtlichen mir unbekannten Umgebung umher. Der totenbleiche Mond trat aus den Wolken hervor und bot sich mir als Wegweiser an, als ich auf die undurchdringliche Mauer aus Nadelbäumen zuschritt. Hinter mir begann das Radio erneut zu spielen, doch diesmal kein metallisches Inferno, denn der tote

Jim Morrison sollte mein Ableben mit einer morbiden Ballade versüßen. Ein Schatten huschte aus den Zweigen, der Killer hält auf mich zu. Ich blicke nach unten, meine Füße schlagen Wurzeln um mich am Ort des Schreckens festzuhalten, dunkle Orgelklänge und schwermütige Gitarrenlaute halten mich in ihrem Bann. Das Albtraumwesen, Abbild einer nächtlichen Wirklichkeit, erscheint vor mir, vergrößert seine Gestalt, wird Übermächtig und droht mich in sich aufzusaugen. Ich versuche zu schreien, aber kein Laut dringt über meine Lippen. Schlagartig fällt er in sich zusammen, sein Äußeres vergeht zu einer schwarzen Masse und meine Lungen atmen den Gestank verwester Exkremente. Himmel, Erde, Mond, Nacht und Landschaft verwirbeln und lösen sich im Nichts auf. Der Strom der Unendlichkeit saugt seine Opfer auf, als Jim Morrison's Worte ersterben...

"Wo bin ich?", fragte ich Schlaftrunken als ich in einem Krankenbett wieder zu mir kam. "An einem Ort wo Sie sich ausruhen können", teilte mir eine Stimme mit. Die Person in einem langen weißen Kittel hatte mir den Rücken zugewandt und bewegte sich auf den Ausgang des fensterlosen, neonbeleuchteten Raumes zu. Rechts neben der Tür erspähte ich auf einem Wandregal ein altes Transistorradio. "Können Sie bitte die Musik anstellen?", fragte ich mit rauher Stimme. "Kein Problem", entgegnete mir die Person mit freundlicher Stimme, "aber wir kriegen hier leider nur einen einzigen Sender rein." Ein Schalter knackte und das blaue gleißende Licht begann von neuem zu erstrahlen. Die mir unbekannte Person drehte sich langsam um und wandte seine entstellten Gesichtszüge zu mir, zog das lange blutverkrustete Messer aus dem Kittel und kicherte Irre. Es ist alles nur ein Traum, schrie es durch meine Gedanken. "Nein, es ist kein Traum", krächzte der Entsetzliche gedankenlesend. Das Opfer war nun endgültig bereit...

Todesbringende Lieder säen ihre Gedanken in die Gehirne einer verlorenen Menschheit und Realität verirrt sich in den Abgründen des Wahns...

ENDE ???

Opa Karl

Kurzgeschichte von Birgit Raule

Gelangweilt saß Karl am Fenster und betrachtete die Vögel, die sich auf der Fensterbank niederließen um die Brotkrumen aufzupicken die er ausgestreut hatte. Karl saß immer lange am Fenster und beobachtete die Vögel, denn hier hatte er rein gar nichts zu tun. Hier, damit war das Altersheim gemeint. Helle Zimmer, belegt mit einer, höchstens zwei Personen. Freundliche Altenpfleger, gutes Essen, einen schönen Park zum spazierengehen... Er haßte es. Er haßte in letzter Zeit ziemlich viel. Angefangen von dem Tagesablauf der Patienten, Entschuldigung, das hieß hier ja Mitbewohner! Da kommen die Pfleger morgens reingestürmt, immer zu sehr unchristlichen Zeiten, reißen einen aus den schönsten unsittlichsten Traum und fragen dann auch noch ungeniert ob man schon pinkeln war, der Stuhlgang gut war oder ob man sich schon das Gebiß angelegt hätte. Sie nennen einen gewohnheitsmäßig Väterchen, schieben die Medikamente in den Mund, machen die Betten und hetzen wieder aus dem Zimmer. Jeden Morgen die gleiche Begrüßungsformel, die gleichen Kommentare und Gesten. Ach ja, stimmt ja nicht ganz. Seit zwei Wochen haben die hier auf der Station eine neue Schwester. Jung, knackig, mit einem Vorderbau der einen umhaut und an die gute alte Zeit erinnert. Karl war deprimiert. Aber Karl war auch sehr entschlossen. Heute würde der Tag sein! Sein Tag! Heute würde er sich das Leben nehmen!

Er saß am Fenster und fütterte die Vögel und wartete auf die Übergabe, bei der die Schwestern von der Frühschicht den Schwestern von der Spätschicht die Vorkommnisse berichten, die in dieser ach so ereignisreichen Zeit geschehen waren.

"Wie willst du sterben?"

Karl zuckte erschrocken zusammen, drehte sich um und sah einen dunkel gekleideten Mann im Zimmer stehen. "Was?"

"Wie willst du sterben?"

"Ich weiß nicht von was sie da reden!" sagte Karl und wollte schon den Knopf drücken, der eine Schwester dazu verleiten würde, in sein Zimmer zu stürmen.

"Du kannst ruhig drauf drücken, Karl, er wird nicht funktionieren!" Der Mann in Schwarz lächelte.

"Ach nein?" Demonstrativ hob Karl den Arm, ergriff den Knopf und drückte zweimal kräftig drauf. Kein Licht sprang an der Tür an, kein nervendes Summen ertönte und auch keine schnellen Schritte waren auf dem Flur zu hören. "Siehst du?" der Fremde grinste breit. "Wer sind sie?" "Ich bin der, auf den du wartest. Ich bin Gevatter Tod!"

Der alte Mann am Fenster drückte sich tiefer in seinen Sessel. Nicht das er übermäßig Angst hatte und jetzt kneifen wollte, aber sich den Tod zu wünschen und jetzt tatsächlich vor ihm zu stehen...nun ja, geben wir es zu, Karl hatte doch Angst. Aber es war mehr die Angst vor dem Unbekannten, als am Tod ansich.

"Ich glaube Ihnen nicht! Verlassen sie sofort mein Zimmer!" rief Karl und stemmte sich aus dem Sessel um zur Tür zu laufen.

Der Fremde hob seinen rechten Arm, machte eine kleine winkende Bewegung nach unten und Karl sank zurück in seinen Sessel. Bleierne Starre erfaßte seinen Körper, selbst seine Zunge wurde ganz pelzig. "Wieso glaubst du mir nicht? Erst rufst du mich, seit zwei Monaten jeden Abend, damit ich endlich komme und dich erlöse und jetzt, wo ich da bin, willst du mich nicht mal kennen? Kein feiner Zug von dir, Karl!" Der dunkle Mann ging langsam auf den Stuhl zu, in dem der alte Mann saß. Er ging in die Hocke, verschränkte seine Arme und schaute Karl ins Gesicht. "Du glaubst mir also nicht? Na gut!"

Er legte seinen Kopf auf die linke Schulter und seine Mimik drückte ein ernsthaftes und anstrengendes Grübeln aus.

"Dann sag mir doch bitte, Karl, woher ich dann weiß, das du vor zwei Monaten den Entschluß gefaßt hast, diese schöne Welt zu verlassen? Woher weiß ich dann, das du nachdem deine Tochter am Freitag ihren Besuch abgesagt hatte, dich in die Toilette geschlichen hast und geheult hast wie ein kleines Kind? Du danach diesen kläglichen Versuch unternommen hast, dir das Leben zu nehmen. Bist in das Schwesternzimmer geschlichen und hast dir Tabletten geklaut. Leider war es Abführmittel statt Schlafmittel. Es hat dir fast den Darm zerrissen aber gestorben bist du nicht." Erstaunt betrachtete Karl sein Gegenüber. Er muß es sein, dachte er, denn das kann keiner wissen! "Und?", der dunkle Mann erwartete wohl eine Antwort? "Ja, nun, und warum bist du hier? Holst du mich jetzt, nimmst mich mit auf die andere Seite?" "Fast!" Er tätschelte Karl die Schulter.

"Ich respektiere deinen Wunsch dir das Leben selbst zu beenden. Ich sorge nur dafür, daß du es diesmal auch richtig machst!" Zuerst war sich Karl nicht mehr sicher ob er überhaupt sterben wollte. Er hatte einen kurzen Anflug von Überlebenswillen, der aber so schnell wieder verschwand, wie er aufgetaucht war. Sein Zweifel und das ungute Gefühl waren wie weggeblasen und Karl war sich sicher, das es sehr viel an dem schwarzen Mann lag. Irgend wie fühlte sich Karl verstanden, nicht mehr alleine, ja sogar sicher. Wie zwei Einbrecher standen sie hinter der Tür und lauschten. Der Schichtwechsel war nicht zu überhören, da Karls Zimmer direkt dem Schwesternzimmer gegenüberlag. Die Pfleger werden sich begrüßen, ihren Kaffee zubereiten um dann ins Nebenzimmer zu gehen und diese intimen Dingen über einen zu besprechen, die er nicht mal seiner Frau gegenüber erwähnt hatte. "Wir können gehen", sprach der dunkle Mann.
"Woher weißt du das?.......Entschuldige, war 'ne blöde Frage!" Karl war unsicher. Man begegnet Gevatter Tod ja nicht alle Tage. Leise öffnete er die Tür, spähte um die Ecke und blickte zurück zu dem dunklen Mann, der ihn aufmunternd zunickte.
"Worauf wartest du? Schöneres Wetter?" "Ist ja gut!" Karl betrat den Flur, spielte alter seniler Opa und steuerte auf das Schwesternzimmer zu.   Vor der angelehnten Tür blieb er stehen, schaute erst nach links und dann nach rechts, gerade als er die Tür öffnen wollte trat eine Schwester aus dem Zimmer. "Na? Wo wollen wir denn hin, Väterchen?"
Väterchen! Schon wieder! Wie er diese Anrede haßte!
"Ich will mir nur frisches Wasser holen!" nuschelte er und hielt demonstrativ die leere Flasche hoch. "Wir haben aber gerade Besprechung!"
"Ich weiß, ich kann aber nicht warten. Habe eine ausgetrocknete Kehle und außerdem bin ich wohl alt genug um mir selbst eine Flasche zu holen, oder nicht?" Er setzte sein entwaffnendes Lächeln ein, mit dem er selbst seine Frau immer um den Finger gewickelt hatte. "Na, ausnahmsweise!" Sie machte ihm Platz, damit er das Schwesternzimmer betreten konnte und ging selbst eiligst den Flur entlang. Karl war sich sicher das sie ein sehr dringendes Bedürfnis hatte, sonst hätte sie ihn wohl kaum reingelassen. Karl sah ihr nach und schloß leise die Tür. Er mußte sich beeilen. Der Raum war klein, in der Mitte standen zwei Schreibtische die aneinander geschoben waren. An der Wand standen Regale mit Ordnern und auf der anderen Seite war die Tür, die ins Besprechungszimmer führte.

Karl klopfte das Herz im Hals. Er war aufgeregt, ein Gefühl das er schon lang nicht mehr hatte nahm von ihm Besitz. Er fühlte sich Jung. Jung und Lebendig. Er trat zur Verbindungstür und lauschte. Leises Lachen erklang. Alles in Ordnung. Er drehte sich um und schrie leise auf, denn der dunkle Mann stand direkt hinter ihm. "Ich frage dich jetzt nicht wie du hier herein gekommen bist", flüsterte er und klopfte sich mit der rechten Hand auf seine linke Brustseite, so als wolle er damit seinen heftigen Herzschlag beruhigen. "Brauchst du auch nicht! Du mußt dich beeilen. Das Mädchen kommt gleich wieder. Mach schon!"

"Hetz mich nicht!" entrüstet wandte sich Karl der hinteren Wand zu, an der das Medikamentenschränckchen stand. "Himmel, ist der voll!" Erstaunt betrachtete Karl die Vielzahl der Medikamente. "Keine Sorge, ich weiß welche du brauchst!" der Tod griff mal hier und mal dahin und zog fünf verschiedene Packungen heraus. "Das gibt einen Cocktail, da kann nichts mehr schief gehen!"

Karl steckte die Schachteln in seine Manteltasche und grinste.

"Beeil dich, ich hör das Mädchen kommen!" Panik ergriff den alten Mann. Was ist wenn sie mich erwischt? Das Vorhaben gescheitert? Würden sie ihn in die Psychiatrische Abteilung stecken? Wo es aus Sicherheitsgründen keine scharfen Messer, keine spitzen Gegenstände mehr gab? Wo alle ohne Gürtel rumlaufen da man ihn ja als viel zu enge Krawatte tragen konnte? "Was soll ich nur machen?" Fragend wandte er sich um, aber er war alleine im Zimmer. Der dunkle Mann war verschwunden. Die Schwester betrat das Zimmer und erschrak ein wenig, als sie ihn entdeckte. Mißtrauisch hob sie die rechte Braue. "Was suchen sie noch hier, Väterchen?"

"Nun ja, ich kann das Wasser nicht finden", haspelte er beschämt und freute sich diebisch über seine schauspielerische Leistung. Ha, Der Oskar ist mein! "Was gibt es denn dabei zu grinsen?" fragte die Schwester genervt. Nix mit Oskar!

Die Frau trat an ihn heran, stellte sich genau vor ihn und faßte ihm an die Seite. Karl hatte den Eindruck sie wolle ihn abtasten und trat erschrocken einen Schritt zurück. Statt dessen faßte die Frau direkt neben ihn in den Kasten und zog eine Flasche heraus. Mit rotem Kopf nahm er das Wasser entgegen, entschuldigte sich hastig und stürmte aus den Zimmer.

Karl ging mit seiner vollen Flasche zurück in sein Zimmer. Der dunkle Mann saß auf dem Platz, auf dem zuvor er gesessen hatte. "Das hast du gut gemacht!" lobte der Mann in Schwarz.

"Bin ich eigentlich der Einzige, der dich sehen kann?" fragte Karl. "Nun ja, Du und diejenigen die mir versprochen sind und bald zu mir kommen!"

"Dann hättest du auch bei mir bleiben können als die Schwester ins Zimmer kam!" Karl war beleidigt. "Nein, sie hätte mich gesehen" sprach Gevatter Tod milde lächelnd.

"Was soll das heißen?"

"Das tut nichts zur Sache!" er hob beschwichtigend seine Hand und winkte Karl zu sich.

"Das ist etwas, was nach deiner Zeit von Belang ist!" Karl verstand.

"Wie willst du sterben?" fragte Gevatter Tod wieder. "Ganz einfach... Ich habe mir eine Flasche Rotwein aufgehoben, da schütte ich die Medikamente rein und wenn alles schläft gestatte ich mir eine persönliche Abschiedsparty! Ganz für mich alleine!" Der dunkle Mann nickte zustimmend. "Gut, das wird funktionieren!"

Er reichte dem schwarzen Mann die eben genannte Flasche und die Medizin. Erstaunt sah Karl, wie sich der Korken ganz von alleine aus dem Flaschenhals zwängte, sah wie der Fremde die Tabletten in die Flasche schüttete, er sah es und konnte es doch nicht glauben. Er sah wie die bleichen Hände des Gevatters den Korken wieder aufnahm und auf den Flaschenhals drückte. Der Todescocktail war bereitet. Er tätschelte Karl auf die Schulter. "Bist du dir auch sicher? Willst du heute Nacht wirklich mit mir gehen?"

Karl sah ihn lange an. "Ja, ich bin mir sicher. Heute Nacht komme ich mit dir!"

"Ich werde da sein! Ruh dich jetzt aus. Wir sehen uns heute Nacht!"

Karl schaute kurz zum Fenster, zu seinen Vögeln die ihn jeden Tag besuchten und als er wieder ins Zimmer blickte war der dunkle Mann weg. Er schüttelte erstaunt seinen Kopf .

Lange saß er noch in seinem Sessel und dachte über seine Familie nach. Eigentlich fand er nichts Gutes. Ja, am Anfang, als seine Kinder noch jung waren, da war es noch gut. Seine niedliche Tochter und die drei Söhne. Wie war er damals stolz auf sie. Seine Frau, eine attraktive Brünette, die wie er erst später erfuhr, ihn nie geliebt und nur wegen seines Geldes geheiratet hatte. Sie hatte ihn schon seit Beginn der Ehe betrogen und nachdem sie nach zwanzig scheinheiligen Jahren endlich einen neuen Geldesel fand, ihn einfach verlassen. Seine Kinder haben ihn nach einen schweren Unfall hier abgeliefert, kamen nur nach ihm sehen wenn sie knapp bei Kasse waren und dringend eine Finanzspritze brauchten. Seinen Enkeln war er egal, außer es gab Geschenke und er wußte, würde er heute Nacht sterben, keiner würde ihm eine Träne nachweinen. Im Gegenteil, schließlich würde nach seinem Tod ein mächtiges Erbe zu holen sein. Karl seufzte resigniert. Was soll's! Es würde ihm nicht mehr weh tun. Er würde nicht mehr ihre gierigen Blicke sehen, ihre scheinheiligen Fragen nach seinem Befinden hören. Er wünschte nur, er könnte dieses undankbare Pack einfach mitnehmen. Sie ihres Lebens bestehlen, so wie sie seine Seele und sein Vermögen bestohlen haben. "Ich wünschte ,ich könnte sie mitnehmen" rief er laut ins Zimmer hinein und erschrak über das Echo, das ihm die Wand zurückwarf. Karl stand müde auf, stellte die Flasche auf sein Nachtschränkchen und legte sich ins Bett. Keine zehn Minuten waren vergangen und Karl schlief seinen letzten Schlaf auf Erden.

Eine kalte Hand schüttelte Karl. "Wach auf, alter Mann, es ist Zeit!" Karl blinzelte, drehte sich um und schaute auf die Uhr, deren Ziffern hell im dunklen Zimmer leuchteten. Es war Punkt zehn. Karl wunderte sich. So lange wollte er eigentlich nicht schlafen. Er setzte sich in seinem Bett auf und erstarrte mitten in der Bewegung. "Jetzt? Muß ich jetzt sterben? Wirst du mir weh tun?"
"Weißt du es nicht?" Gevatter Tod schaute traurig zu dem alten Mann. "Ihr habt eine völlig falsche Meinung von mir. Ihr haltet mich für grausam wenn ich junge Leute oder gar Kinder mit mir nehme. Menschen die ihr liebt, die euch was bedeuten. Ihr verflucht mich wenn ich unerwartet und ohne Vorwarnung einen Freund oder Verwandte hole!"
Er ging langsam auf und ab, wobei er immer wieder traurig den Kopf schüttelte. "Ihr seid so zornig und ängstlich ihr Menschen. Selbst der abgebrühteste Mörder erzittert bei meinem Erscheinen. Ihr fürchtet euch vor mir, vor dem Sterben und dem Tod Ansicht. Dabei bin ich euer Begleiter, der euch sanft ins Jenseits bringen soll. Jeden Todgeweihten warne ich noch mal vor, um das Vorbestimmte noch herauszögen zu können. Ich schicke euch Botschaften in eure Träume, schicke euch Schmerzen, die euch vor der vernichtenden Krankheit warnen

sollen. Ist es dennoch nicht zu ändern und ich muß euch geleiten, dann erfülle ich jedem einen letzten Wunsch. Manche wünschen sich ihr Leben noch mal zu betrachten. Manche wollen noch eine Weile auf Erden bleiben und ihr Begräbnis aus nächster Nähe zu verfolgen. Einige wollen durch einen dunklen Tunnel fliegen, einige von einem geliebten Menschen abgeholt werden!"

Gevatter Tod seufzte und ging langsam auf Karl zu. "Weißt du auch, das ich manche wieder zurücklasse? Da muß ich natürlich erst mit dem Obersten Absprache halten, aber einige Male lasse ich sie auch wieder zurück. Sie verweilen dann nur in einem traumlosen, tiefen Schlaf, dürfen einen Blick in die andere Ebene werfen. Selbst deinen Wunsch habe ich erfüllt, oder nicht?"

"Mein letzter Wunsch war es doch, mir selbst das Leben zu nehmen, weißt du nicht mehr?" Er schaute den Dunklen fragend an. "Schon richtig. Leider ist es euch Menschen nicht erlaubt das Leben selbst zu beenden. Darum hab ich dafür gesorgt, das dein eigentlicher innigster Wunsch erfüllt wird."

Gevatter Tod stand nun neben seinem Bett. "Und? Bereit?"

Ein sanftmütiges Lächeln erhellte dem dunklen Mann sein Gesicht. Ein kalter Hauch breitete sich im Zimmer aus. Nebelschwaden krochen aus den Wänden gegenüber und Karl machte in einer Ecke ein schwummriges Leuchten klar, das nun seine Zeit gekommen war. "Wird es weh tun? Kannst du es schmerzlos über die Bühne bringen?"

Gevatter Tod nahm sanft Karls Hand in seine. Er lächelte und Karl starb. Eigentlich war es keine Besuchszeit, aber trotzdem öffnete sich um halb zehn die Tür zu Karls Zimmer. Herein schlichen seine Tochter und seine drei Söhne. "Seid ihr sicher, das wir herkommen sollen?" fragte die Tochter.

"Ja klar, der Mann am Telefon sprach davon, das Vater uns unbedingt alle noch einmal sehen möchte um halb zehn und jetzt ist es halb zehn." Der älteste Sohn straffte seinen Körper.

Ein kurzes leises Klopfen ertönte und ein schwarz gekleideter Mann betrat vorsichtig das Zimmer, lief mit leisen Schritten zu der Personengruppe die sich am Fußende des Mannes versammelt hatte. "Hallo, guten Abend, ich freue mich, das sie alle kommen konnten. Ich hatte mit ihnen telefoniert" sprach er und reichte jedem die Hand. "Wieso sollten wir denn herkommen, was will unser Vater von uns?"

"Nun ja, das soll er ihnen selber sagen. Leider schläft er. Wir sollten ihn ausschlafen lassen und uns die Zeit mit einem guten

Rotwein vertreiben!" Der dunkle Mann nahm die Flasche vom Schränkchen und goß den Inhalt in die mitgebrachten vier Gläser. "Eigentlich habe ich gar keine Zeit", raunte die Tochter genervt. "Ist es denn wichtig?"
"Sehr wichtig!" Der Fremde nickte bekräftigend mit dem Kopf. „Ich glaube es hat was mit dem Testament zu tun!"
Schon leuchteten bei den Anwesenden die Augen. Sie nahmen ihre Gläser entgegen, setzten sich auf die Stühle und nippten an ihren Getränken. Der alte Mann schlief heute ungewöhnlich lange, ungewöhnlich tief und ungewöhnlich fest. Der glückliche Ausdruck auf seinem Gesicht war auch ungewöhnlich. "Ich sagte doch, guter alter Mann, deinen innigsten Wunsch erfülle ich dir auch" lächelte Gevatter Tod.

ENDE

Der Wald des Grauens

Kurzgeschichte von Birgit Raule

Gleißende Scheinwerfer durchleuchteten die dunkle Nacht. Der Wind, durch die Rotorblätter des Hubschraubers aufs Vielfache verstärkt, beugte die Spitzen der Bäume in unnatürlichen Richtungen. Nicht nur der Lärm der Fluggeräte störte die Stille der Nacht, auch die Rufe der Suchenden hallten durch die Dunkelheit. Obwohl es schon weit über Mitternacht war, bemerkte keiner der Beamten und freiwilligen Sucher seine Müdigkeit. Im Gegenteil, jeder war bis aufs Äußerste angespannt. Hunderte waren auf den Beinen und das schon seit den frühen Morgenstunden. Man konnte sagen, das sich die ganze Stadt an der Suche beteiligte. Alle dachten voller Sorge an das kleine Mädchen das verschwunden war.

"Schon irgendwelche Neuigkeiten?" fragte der Einsatzleiter. Er telefonierte gerade via Handy mit der Sekretärin seines Büros.

"Nein Chef, wir haben in der Stadt jeden Stein zweimal umgedreht, jeden Winkel ausgeleuchtet.. Nichts! Wie steht es bei Ihnen da draußen?"

"Bis jetzt noch nichts!"

"Denken Sie denn, das daß Mädchen die Abkürzung durch den Wald genommen hat?" Große Sorge schwang in der Stimme der Sekretärin. "Nun ja, selbst wenn, heißt es noch lange nicht das sie auch durch das abgesperrte Waldstück gegangen ist. Außerdem weiß jeder hier das man diesen Teil des Waldes meiden soll. Jeder weiß das. Herrgott Michele, das lernen hier die Kinder schon im Kindergarten!"

"Ja schon, Chef! Aber das Mädchen ist eine Austauschschülerin. Sie hatte den Schulbus verpaßt und wußte das ihre Gastfamilie in dem Dorf hinter dem Wald wohnt. Sie muß logischerweise durch den Wald gegangen sein."

Der Einsatzleiter seufzte laut. "Dann beten wir, das sie nicht durch den gesperrten Teil ging!"

"Was wenn doch? Werden sie denn Teil durchsuchen?"

"Nein, wenn sie doch dadurch gegangen ist, dann ist sie verloren. Sie werden keinen Freiwilligen finden, der in den Wald des Grauens geht. Niemand kommt da wieder raus und ehrlich gesagt, ich gehe da auch nicht rein!"

"Dann ist sie verloren?"

"Ja Michele, dann ist sie verloren", sprach der Einsatzleiter und schluckte hart. "Suchen wir erst mal weiter und warten ab, vielleicht wird ja noch alles gut."
Die Sekretärin legte auf. Ihr Gefühl versicherte ihr, das überhaupt nichts gut werden würde.

Seine Füße schlurften über den Waldboden. Der verunstaltete Kopf war gesenkt und auf seiner durch Narben entstellten Stirn perlte der Schweiß in Bächen herab. Er war zufrieden. Seit langer Zeit wieder hatte er seinem Gebieter ein Opfer gebracht. Es war sogar ein Junges. Das liebte sein Gebieter. Junge zählen doppelt! Er war sehr zufrieden. Nun ja, das Mädchen hatte sich verzweifelt gewehrt, hatte ihn gebissen und die Hand zerkratzt, mit der er ihr den Mund zugehalten hatte. Aber es hatte ihr nichts genutzt, er war stärker. Langsam schlurfte er weiter, entfernte sich immer mehr vom Krater, in den er sein Opfer gestoßen hatte. Von weitem vernahm er die Rufe der Suchenden. Es störte ihn nicht, sie würden sie ja doch nicht finden, denn hierher kam keiner. Nur er fürchtete sich nicht, denn er lebte hier. Schon seit Ewigkeiten lebte er in diesem Teil des Waldes. Er wußte nicht wie er hierher kam, wußte nicht, wer er eigentlich war. Er hatte keine Vergangenheit, hatte keine Zukunft. Ungelenk setzte er sich nieder und sah vor sich hin, ließ seine Gedanken schweifen. Eigentlich hatte er ein eintöniges Leben, jeden Tag das gleiche. Doch manchmal, so wie heute, wurde sein trostloses Dahinsiechen unterbrochen.
Das Mädchen war ganz plötzlich aufgetaucht, wie aus dem Nichts geboren. Er war gerade durch den Wald gegangen, um Wild zu fangen. Da stand sie vor ihm, riß die Augen ängstlich auf, verzog den Mund und fing an zu schreien. Gott, dieses Schreien, er haßte es wenn sie immer schrien. Dieses laute, schrille, furchtbare Geräusch, das in seinen Ohren drang und dort ein dumpfes Pochen auslöste, das dann zu einem stechenden Schmerz mutierte. Immer schrien sie, er kannte es gar nicht anders. Trotzdem machte ihn diese Reaktion immer wütend. Er erinnerte sich noch an das erste Mal. Das erste Mal, an der er bewußt tötete. Es war ein kalter Morgen, das Datum war ihm unbekannt, denn Zeit war ihm nie ein Begriff. Auch damals war ihm dieser Mensch ganz plötzlich begegnet, hatte ihn angeschaut und hatte dann dieses schreckliche Geräusch von sich gegeben. Dieses furchtbare Geräusch, das so schrill in seinen Kopf drang und einen bis dahin unbekannten Schmerz auslöste. Er packte sich den Menschen, obwohl er damals viel

kleiner und schmächtiger war, packte ihn und hielt ihm den Mund zu. Dann stand er nur da und wußte nicht was er mit dem zappelnden Bündel machen sollte. Wenn er doch nur aufhören würde ,dieses Geräusch zu machen. Der Mensch zappelte, trat ihn gegen die Beine, so das er richtig wütend wurde. Da plötzlich hörte er diese Stimme. Diese leise, sanfte Stimme. Sie flüsterte in seinem Kopf nur einen Satz: "Bring ihn zu mir !"
Er wußte damals nicht woher die Stimme kam und eigentlich war es ihm auch egal. Es war das erste Mal, das jemand in dieser Weise mit ihm sprach. So sanft und leise. Er war wie verzaubert, ein Glücksgefühl durchströmte ihn. Dieses Geräusch drang in seinem Kopf und liebkoste seine Sinne. Ein unbekanntes Ziehen erfaßte ihn und führte ihn durch den Wald auf einen Krater zu. Der Mensch auf seinen Armen bewegte sich nicht mehr, er schlief den eigenartigen Schlaf, der einen überkommt, wenn der Kopf erkennt, das er nun Schreckliches genug gesehen hatte. Er warf den Menschen in den Krater. Danach hörte er wieder diese Stimme. Nur anders. Diese Stimme sang. Sang in seinem Körper, ließ ihn erzittern, erfüllte ihn mit Freude, einem Gefühl das ihm bis dahin völlig unbekannt war. Das erste mal in seinem Leben weinte er, weinte vor Glück und nicht vor Einsamkeit. Seit diesem Zeitpunkt brachte er der Stimme jeden Menschen, der ihm über den Weg lief und jedesmal sang die Stimme für ihn. Auch als er das Mädchen zu dem Krater gebracht hatte sang die Stimme. Sie nahm ihn in ihre Arme, streichelte seine Seele und gab ihm die Geborgenheit die er so sehr brauchte. So saß er auf dem Boden und lauschte der Stimme, welche die Rufe der Suchmannschaft in den Hintergrund geraten lies. Er lauschte und weinte.

Am folgenden Abend stieg Mark Jeremias aus dem Flugzeug, brachte die Formalitäten des Zolls hinter sich, bestieg die Limousine die ihn nach Wuppertal bringen würde. Mark Jeremias war Spezialagent vom FBI. Hals über Kopf hatte er seine Sachen gepackt, war ins Flugzeug gesprungen nachdem er erfahren hatte, das seine Tochter verschwunden war. In einem nahen Waldstück bei Wuppertal hatte man ihre Schultasche gefunden. Das die Suchmannschaft daraufhin die Suche abbrach machte ihn zornig. Die Sorge um seine Tochter zerfraß ihm seine Eingeweide und noch immer stieg unbändiger Haß in ihm hoch wenn er daran dachte, das gerade zu dem

Zeitpunkt als man eine eindeutige Spur seiner Tochter fand, niemand mehr bereit war weiter zu suchen. Zwei Stunden später kam er am Polizeipräsidium an. Der Einsatzleiter, der von seinem Kommen unterrichtet war, empfing ihn. Mark Jeremias trat wütend dem Mann gegenüber der die Suche nach seiner Tochter einfach abgeblasen hatte.

"Wieso? Wieso suchen sie nicht weiter?" zischte Jeremias und übersah absichtlich die zum Gruß dargebotene Hand. "Ich verstehe ihren Ärger, Mister Jeremias, setzten sie sich erst mal, dann werde ich ihnen alles erklären. Mein Name ist übrigens Steffen Buschmann, ich war der Einsatzleiter"

Buschmann brauchte keine zehn Minuten um dem FBI Agenten die Sachlage darzulegen. "Und es geht wirklich niemand in dieses Teilstück?", fragte Jeremias ungläubig.

"Nein, niemand geht dort hinein und wer sich doch hineingewagt hatte ist seitdem verschwunden!"

"Wie kommt das?"

"Wir wissen es nicht. Vor ungefähr 29 Jahren tobte ein furchtbarer Sturm über Wuppertal. Der Hagel zog eine unnatürliche Schneise durch den Wald und grenzte damit das Teilstück vom Rest des Waldes ab. Vor dieser Abgrenzung haben wir auch die Schultasche ihrer Tochter gefunden"

"Ich werde sie suchen und sie werden mich begleiten, sonst mache ich ihnen hier die Hölle heiß."

Steffen Buschmann schluckte hart und seine Gesichtsfarbe verblaßte um einige Nuancen. "Sie können mich nicht zwingen!"

"Und ob ich kann. Wissen sie, ich bin beim FBI ein hohes Tier, wenn ihnen hier der Arsch auf Grundeis geht, dann hole ich eben meine Leute rüber. Sie müssen mir nur die Stelle zeigen an der die Schultasche gefunden wurde. Meine Männer werden den Wald in Kleinholz verwandeln."

"Keiner ist jemals lebend aus diesem Wald gekommen", sprach Buschmann trotzig und erntete nur spöttische Blicke von seinem amerikanischen Kollegen. Jeremias telefonierte mit seinem Hauptquartier, orderte seine Mannschaft und gab vorab Instruktionen. Als er das Gespräch beendet hatte, wandte er sich an den Einsatzleiter und sah ihn strafend an.

"Sie können ihre Misere verbessern, wenn sie sich kooperativer verhalten und sich nicht von einen Dorfklatsch in die Presche schlagen lassen!"

"Dies ist auf keinen Fall ein Dorfklatsch", entgegnete Buschmann laut. Auch er war jetzt zornig. Zornig darüber, als vertrottelter Hinterwäldler dazustehen. "Mein Vater", begann er mit zitternder Stimme, "Mein Vater war vor 29 Jahren Oberinspektor bei der Polizei. Er meldete sich damals freiwillig um die Schäden im Wald zu begutachten die der Sturm angerichtet hatte. Man fand an der Schneise nur seinen verlassenen Einsatzwagen. Seit meinem fünften Lebensjahr wuchs ich ohne Vater auf, also wagen sie es sich nicht, wagen sie es sich ja nicht hier von einen Dorftratsch zu reden!"

Jeremias sah ihn lange schweigend an, ein Hauch von Verständnis erfüllte sein Gesicht. "Es tut mir leid", flüsterte er und reichte Buschmann seine Hand. "Werden sie mir die Stelle zeigen, wenn meine Mannschaft eingetroffen ist?"

"Ja, aber ich werde nicht hineingehen!"

"In Ordnung, ich muß mich für meine Drohung Entschuldigen, ich hatte ja keine Ahnung...."

Buschmann winkte ab. "Schon vergessen. Ich habe ihnen ein Hotelzimmer buchen lassen. Sagen sie mir Bescheid wenn ihre Mannschaft angekommen ist."

Die Verabschiedung erfolgte freundlicher als es die Begrüßung war.

Am darauffolgenden Tag standen sie an der unnatürlichen Schneise. Eine Sondereinheit der Polizei, die Mannschaft vom FBI und selbst Einsatzkräfte der Bundeswehr bildeten eine Menschenkette entlang des Waldstücks. Jeremias und Buschmann standen bei dem Fundort der Tasche.

"Hier?", fragte Jeremias nervös.

"Ja, genau hier", entgegnete der damalige Einsatzleiter. Das er dies nun nicht mehr war störte ihm nicht im Geringsten. Im Gegenteil, er war sichtlich erleichtert die Verantwortung dieses Falls endlich abgegeben zu haben. Die Suchmannschaft bildete einen Kreis um das Waldstück und auf Befehl gingen sie Schritt für Schritt hinein und zogen damit den Kreis zusammen. Es war ein warmer heller Tag und doch fröstelte es den Männern. Die Bäume, das dichte Unterholz strahlte eine Kälte aus, die selbst den Härtesten unter ihnen das Fürchten lehrte. Keiner rief mehr den Namen des Mädchens, auch keine Unterhaltung, sei sie noch so leise gewesen, fand statt. Jeder spürte die unheimliche und unbeschreibliche Präsenz des Grauens und so mancher wünschte sich an irgendeinen anderen Ort. Nach einer halben Stunden knackte Jeremias Funkgerät und eine metallische Stimme rief aufgeregt: "Wir haben etwas entdeckt. Ein Mann, unnatürlich groß und korpulent. Er lief gleich davon. Wir treiben ihn jetzt auf sie zu."

Jeremias drängte die Leute auf seiner Seite zur Eile, so das sich die Schlinge immer mehr zusammen zog. Die kalte Beklemmung fiel von den Männern und machte einem Jagdfieber Platz. Rufe erklangen, einige schlugen mit Stöcken an die Bäume, eine regelrechte Treibjagd begann. Eine Treibjagd nach einem Monster. Der Kreis schloß sich immer mehr. Schon konnte Jeremias auf der gegenüberliegenden Seite die entgegenkommende Mannschaft erkennen. Dann sah er ihn. Sein Körper gedrungen, Arme die bis an den Boden reichten und Beine die jeder Beschreibung spotteten. Eine Ausgeburt der Hölle. Sein überdimensionaler Kopf war durch Narben entstellt. Seine Stirn war wie ein Ballon aufgebläht. Sein Gesicht glich einer eingefrorenen Fratze, dessen Mund haifischähnliche Zähne entblößte. Das Geschöpf besaß keine Ohren, statt dessen befanden sich an dieser Stelle riesige Löcher in denen das Innere des Schädels durchschimmerte.

Die Männer schrien und tobten und zogen gleichzeitig den Kreis immer enger. Das Wesen schwankte und taumelte auf einen Krater zu, der direkt in der Mitte der Jäger lag. Kein Entkommen gab es für das Wesen. Es stieß wolfsähnliche Laute aus und sprang dann in den tiefen Krater. Als das Monster in dem Krater verschwand fiel die Spalte in sich zusammen. Ungläubig versammelten sich die Männer um die nun nicht mehr vorhandene Öffnung, die nun mehr einer zugeschütteten Grube glich. Jeremias weinte, er hatte bevor sich die Grube schloß, auf dem Grund die Jacke seiner Tochter gesehen.

Zwei Monate später zog ein mächtiges Unwetter über Wuppertal, das ungewöhnlich lange über den Wald hängen blieb. Steffen Buschmann, der es durch sein Bürofenster beobachtete, bekreuzigte sich und dachte darüber nach, ob er nicht in den Wald fahren sollte um womögliche Schäden des Sturms zu begutachten...

Die Nacht im Museum

Kurzgeschichte von Birgit Raule

Justy war wütend. Denn Justy war verliebt und heute würde sie mit ihrem Schatz einen tollen Tag verbringen. Das hatte er wenigstens versprochen.

„Wo gehen wir denn hin?" hatte sie gefragt.

„Laß dich überraschen! Ich sage nur so viel: Du wirst diesen Tag bestimmt nicht vergessen!"

Das hatte er gesagt, sonst nichts. Justy war sauer! Nicht, da sie es auf den Tod nicht ausstehen kann wenn man vor ihr ein Geheimnis hat und dann noch die Frechheit besitzt sie auch noch deswegen aufzuziehen, nein, nicht den geringsten Hinweis hatte er ihr gegeben. Laß dich überraschen. Am liebsten hätte sie ihrem Freund abgesagt und den Tag alleine verbracht. Sie hatte, als er auf der Toilette war, seine Sachen durchsucht aber nichts gefunden. „Suchst du etwas?" Marco stand an der Tür und grinste. Justy wurde Rot und das ärgerte sie nur noch mehr.

„Du weißt, das ich das nicht leiden kann."

„Ja, ich weiß ,aber glaub mir doch", er trat hinter sie und legte seine Arme um ihre Schultern, „es wird ein toller Tag, mehr verrate ich dir nicht und du kannst die ganze Bude auf den Kopf stellen oder noch die halbe Stunde warten bis wir weggehen."

„Immer diese Heimlichtuerei! Ich geh jetzt ins Bad und mach mich fertig", zischelte sie vor sich hin und konnte aber ein kleines Lächeln nicht verbeißen.

„Tu das", nickte Marco ernst und biß sich gleichzeitig auf die Innenseiten seiner Backen um ja nicht laut zu lachen.

Marco hielt was er versprochen hatte. Justy schwebte im siebten Himmel. Den ganzen Tag waren sie unterwegs gewesen. Zuerst eine kleine Bootsfahrt, dann ein ausgiebiges Essen mit anschließenden Bummel durch die Stadt. Selbst als Justy eine halbe Stunde lang Kleider anprobiert hatte behielt Marco seine gute Laune bei. Vergessen war für Justy der ungemütliche Anfang, dessen Schuld wohl ganz bei ihr lag.

Es war halb vier, sie waren gerade in der Fußgängerzone und aßen bei einem Italiener ein Eis, als sich Justy schuldbewußt an Marco wandte.

„Tut mir leid!"

„Hmm?"

„Wegen heute Morgen mein ich. Ich war nicht ganz nett zu dir!"

„Stimmt!"

„Stimmt? Du hättest jetzt sagen sollen: Ist schon vergessen Justy. Und nicht Stimmt."

Sie hob dramatisch den Löffel, auf dem ein kleines Stückchen Eis schwamm und deutete damit an, das es ihm wahrscheinlich gleich im Gesicht landen würde. Marco lachte und hob seinen Arm zum Schutz.

„Ich weiß, wie du es wieder gutmachen kannst. Besser gesagt, ich weiß was du als Strafe tun mußt."

„Ach ja?"

Justy malte sich schon eine ganz besondere Wiedergutmachung aus.

„Und die wäre?"

„Geh mit mir ins Museum."

Er grinste. Wenn Blicke töten könnten wäre Marco gestorben.

„Der Langweilerkasten schließt doch gleich", knurrte Justy.

Schon zehn Minuten hatte sie Marco durch alle Zimmer dieses Museums geschleppt, unzählige Sachen so genau begutachtet, das sie schon den Verdacht hatte er wolle sie hypnotisieren.

„Ich weiß!"

„Und? Gehen wir jetzt?"

„Ich muß noch schnell für kleine Königstiger."

Justy knirschte mit den Zähnen. „Jetzt?"

„Ja", lacht er vergnügt, „Jetzt."

Er packte ihren Arm und zog sie durch die Räume.

„Wir sind da."

„Stimmt", rief er vergnügt und zog sie in die Männertoilette.

„Hey... du kannst doch nicht..."

Schon hatte er mit seiner Hand ihren Mund zugehalten, umschlang sie und drängte sie in eine der Kabinen. Er nahm seine Hand runter und bevor sie auch in irgend einer Weise protestieren konnte, verschloß er ihren Mund mit seinem. Justys anfängliche Gegenwehr erlosch immer mehr. Er streichelte ihren Rücken, küßte sie intensiver, drängte sie immer mehr an die Wand. Jetzt brauchte er sie nicht mehr fest zu halten. Bereitwillig öffnete sie ihre Schenkel, um ihn mit ihren Beinen zu umschließen.

„Hattest du das vor?", keuchte sie lachend zwischen den Küssen.

Er grinste, bog sich ein wenig zurück damit er sein Hemd ausziehend konnte. Justy lächelte noch mehr, ihre Augen erstrahlten in einem warmen Glanz und ihre Lippen bedeckten seinen Körper mit heißen Spuren, welche ihn erzittern ließen.

„War doch eine gute Idee", hauchte Justy. Und Marco nahm sie hart und fordernd.

„Es ist so leise hier", wunderte sich Justy nachdem sie die Toilette verlassen hatten. Ihr Gesicht war noch erhitzt und die Haare zerzaust. Marco liebte ihren Anblick nachdem sie sich geliebt hatten. Noch ganz verträumt betrachtete er ihre Augen, in denen sich die Erregung noch spiegelte.

„Was?"

„Es ist so ruhig hier", sie schüttelte ihn leicht.

„Hee, aufwachen Romeo!"

„Dann laß uns schnell nach Hause gehen und das wiederholen."

„Du bist unersättlich."

Sie hakte sich an seinen Arm und knabberte beim Gehen an seinem Ohr.

„Ich weiß", flüsterte er ihr zu und zwickte ihr in den Hintern. Mit einem hellen Lachen riß sie sich von ihm los und floh durch die Räume Richtung Ausgang.

„Himmel, siehst du das? Es ist zu, das Museum hat geschlossen, die Gitter sind vor der Tür herunter gelassen."

„Was?"

Keuchend kam Marco neben ihr zum Stehen.

„Au Backe! Du hast Recht!"

Sie rüttelten an der Tür, klopften gegen die Scheibe. Das Museum hüllte sich in Schweigen. Die Räume waren abgedunkelt und außer der Fensterbeleuchtung waren keine großen Lichtquellen mehr vorhanden.

„Was machen wir denn jetzt?"

Justy schaute sich beklemmt um, ihr machten die wenig erleuchteten Räume Angst. Die ausgestopften Tiere, die antiken Gegenstände in den Vitrinen, all diese Dinge warfen dumpfe Schatten, unterbrachen das kaum vorhandene Licht.

„Na, Angsthäschen?"

Marco zwickte sie wieder in den Hintern. Er breitete seine Arme aus, hob sie in die Höhe und spreizte dabei die Finger.

„Jetzt hab' ich dich, jetzt fress ich dich! Jetzt...!"

Da war sie schon lachend davon gerannt. Eine wilde Verfolgungsjagd, begleitet vom lauten Gelächter begann.

Wer sagt denn das Fangen nur ein Spiel für kleine Kinder ist?

Justy hatte ihren Freund abgehängt und versteckte sich hinter einer Figur die einen afrikanischen Medizinmann darstellen sollte. Sie kicherte leise in sich hinein, ein lang vergessenes Kribbeln erfaßte ihren Körper. Dieses widersprüchliche Hoffen entdeckt zu werden und gleichzeitige Wünschen für den Suchenden unsichtbar zu bleiben kitzelte ihre Sinne. Auch Marco amüsierte sich köstlich. Er hatte sie rennen sehen und eine andere Richtung eingeschlagen, so das er sich nun von der Rückseite näherte. Er sah sie hinter der Figur stehen und biß sich auf die Handknöchel um nicht in lautes Lachen auszubrechen. Er schlich auf Zehenspitzen, hielt sogar die Luft an, er liebte dieses Spiel. Leise, immer näher kam er an sie ran, zitterte vor kindlicher Freude und der Gewißheit sie erschrecken zu können. Langsam kam er näher, hob die Arme um sie plötzlich zu packen. Aber er war nicht schnell genug. Fast in dem Moment als er ihre Schultern erreicht hatte drehte sie sich um und warf sich, um ihm auszuweichen nach hinten.
Es war zu spät. Marco konnte seine Bewegungen nicht mehr kontrollieren, prallte mit ihr zusammen und warf somit den Wachsmann zu Boden. Es rumpelte fürchterlich. Die Figur brach völlig auseinander, die Perücke flog in hohem Bogen, der Speer und der Köcher die der Mann um die Schulter trug, fielen nach unten. Die darin verwahrten Pfeile, steinerne Messer und die aus Knochen gefertigte Spitzen verteilten sich auf dem Boden. Der Junge und das Mädchen schlugen unsanft auf, rollten auf die Seite, wobei sie kleine Schmerzensschreie ausstießen.
„Himmel! Sieh nur was wir angerichtet haben."
„Schuldig", sprach Marco und stützte sich auf seine Ellbogen auf.
„Verhaften sie mich, Officer."
„Ach, hör doch auf, ich glaube ich hab mich an diesen Pfeilen gepiekt."
Justy stand seufzend auf, strich sich ihre Kleidung glatt und stemmte dann ihre Arme in die Hüfte um vorwurfsvoll auf ihn runter zu schauen.
„Ist doch gut, Mäuschen. Wir bauen den Medizinmann wieder zusammen."
„Aha! Alles deine Schuld. Was mußt du mich auch erschrecken."
„Pure Absicht", lachte der Junge übermütig.
„Komm, laß uns erst mal nach vorne gehen, da ist ein kleiner Kiosk. Wir nehmen uns was zum Essen, legen natürlich Geld

hin, ruhen uns aus und dann bauen wir ihn wieder zusammen!"
Justy reichte ihm die Hand um ihn hochzuziehen. Schwankend
kam er auf die Füße. Seine Beine fühlten sich wie Watte an, ein
Rauschen erfüllte seine Ohren und eine eisige Kälte kroch in
seine Eingeweide. Schweiß trat in kleinen Perlen auf seine Stirn
und er sah seine Freundin erschrocken an. Auch sie schien
heftig von dem Sturz mitgenommen zu sein. Ihr Gesicht war
blaß und mit einem glänzenden Film überzogen.
„Mir ist ganz komisch."
„Hmm, hmm. Mir auch. Kommt wahrscheinlich von dem Sturz."
Marco faßte ihren Arm und zog sie weiter.
„Weißt du eigentlich wie viel Uhr es ist?"
„Jaaa... Geisterstunde!"
„Ach hör doch auf."
Sie schlug ihm genervt an die Schulter.
„Für heute habe ich Aufregung genug gehabt."
„Hast du eigentlich den Artikel gelesen? In den Wuppertaler
Nachrichten haben sie von unheimlichen Vorkommnissen
berichtet die sich hier Nachts abspielen sollen."
„Ach, halt sofort deine Klappe", rief Justy.
Ihr war nicht mehr nach Scherzen zumute. Schweigend
schlichen sie durch den Raum. Ängstlich blickte sie sich um,
blieb hin und wieder lauschend stehen und verkrampfte sich
immer mehr.
„Himmel, was hast du denn?"
„Hast du das eben nicht gehört?"
„Du meinst die Maus, die eben gehustet hat?"
„Nein, du Trottel, hör doch!"
Jetzt hörte er es auch. Es klang wie ein Keuchen. Ein
atemloses Keuchen das von allen Seiten auf sie zukam.
„Hallo? Hallo? Ist hier jemand?"
Jetzt wurde es sogar Marco unheimlich. An jeder Ecke knackte
und knirschte es. Die Teenager beschleunigten unbewußt ihre
Schritte, wurden immer schneller. Plötzlich riß er Justy mit
einem Ruck zu Boden. Zuerst wollte sie ihn beschimpfen, ihr
blieben aber die Worte im Halse stecken. Auch sie sah es. Das
Licht, zu einer grellen Kugel geformt, schoß auf sie zu und über
sie hinweg.
„Marco? Marco? Was...was war das?"
„Ich weiß es nicht!"
Die Geräusche brüllten immer lauter in den Raum hinein, ein
kalter Wind zerrte an ihren Kleidern. Marco riß seine Augen
auf. Ein Kelch schwebte durch die Luft, drehte sich ein paarmal

um die eigene Achse, um dann wie ein Wurfgeschoß an die Wand zu prallen. Unsichtbare Hände schoben die Stühle und Tische durch die Gegend. Vitrinen schwankten wie betrunkene Seeleute, fielen um, schlugen zitternd einen grausigen Rhythmus auf dem Parkett. Münzen schossen aus den Glaskästen, wirbelten durch die Luft, wobei sie einen rotierenden Kreis bildeten, der in konvexen Bahnen unter die Decke schwebte. Justy schrie gellend und zerrte hysterisch an Marcos Arm.

„Tu doch was! Tu doch was!"

Marco schüttelte verzweifelt den Kopf, das Denken fiel ihm schwer. Er wußte einfach nicht was er machen sollte.

„Raus, raus hier!", rief er, riß seine Freundin auf die Füße, zog sie hinter sich her. Sie stolperten durch den Saal, wichen den umherfliegenden Gegenständen aus, manchmal mußten sie sogar kriechen um nicht getroffen zu werden. Fast hätten sie die Tür, welche in einen anderen Raum führte erreicht, als ihre eigenen Körper erfaßt und durch die Luft gewirbelt wurden. Justy, die sich an Marcos Arm geklammert hatte wurde von ihm weggerissen. Sie schrie seinen Namen und er sah ihr entsetztes Gesicht als sie auf die Decke zuraste.

„Justy! Justyyyyy..."

Etwas schnürte seinen Hals zusammen. Er blickte nach unten und sah die Arme des ausgestellten Medizinmannes, die oberhalb der Ellbogen abgebrochen waren. Die wächsernen Finger klammerten sich um seinen Hals und drückten mit unbeschreiblicher Gewalt zu. Er röchelte.

Ein roter Dunst verdunkelte seinen Blick und er konnte nur noch schemenhaft seine Freundin erkennen, die immerzu von der Decke auf den Boden und wieder zurück prallte. Er sah ihre Glieder in unnatürlichen Winkeln herabhängen, sah wie ihr beim nächsten Aufprall der Arm abgerissen wurde. Er hörte das Brechen ihrer Knochen, das wie Pistolenschüsse klang.

Mein Gott, sie schreit nicht mehr, dachte er bevor ein dunkler Sog ihn aus dem Leben zog.

Michael Buschmann stand rauchend im Raum. Vor ihm lagen die Leichen zweier Teenager, die der Museumsführer gefunden hatte. Er beobachtete den Arzt der die Beiden oberflächlich untersuchte.

„So haben Sie sie gefunden? Nichts verändert?", fragte er den Museumsleiter.

„Nein, gar nichts!"

„Was meinst du, Doc?"

„Hmm, Moment!"

Michael fühlte sich hier nicht wohl, erst vor kurzem hatte er einen traumatischen Fall, der mit dem Museum zu tun hatte. Und dieser machte ihm immer noch zu schaffen.

„Ich verstehe es nicht", flüsterte der Führer und drehte seine Zigarette in den Fingern. Schüttelte abwesend mit dem Kopf. „Wieso? Wieso lassen sich zwei Kinder im Museum einschließen, legen sich hin und sterben?"

„Ich hab da was gefunden", rief der Arzt, stand auf und stellte sich zu dem Kommissar und hielt zwei kleine Pfeile in der Hand. Michael nahm sie vorsichtig ab und wandte sich an den Leiter des Museums.

„Wissen sie was das ist?"

Der Mann nahm die Spitzen, betrachtete sie grübelnd.

„Kommen sie mit."

Er durchquerte den Saal und ging auf eine Figur zu, die aufrecht und stolz im Raum stand. Er umrundete diese und zog ihr dann den Köcher von den Schultern.

„Sehen sie", rief er den Kommissar zu, „es sind Giftpfeile, sie sind mit einem Nervengift getränkt, das zuerst schwere Halluzinationen hervorruft und dann zu einer völligen Lähmung führt. Nur warum haben sie damit rumgespielt?"

„Das werden wir wohl niemals erfahren, aber ich werde bei der Autopsie nachprüfen ob dieses Gift in ihren Körpern nachweisbar ist, dann wissen wir wenigstens an was sie gestorben sind."

Der Arzt schien erleichtert zu sein. Er wandte sich um und ging zu den Leichen zurück, die gerade zum Transport vorbereitet wurden. Auch Michael sah nochmals in Richtung der Toten, sah in ihre entsetzten Gesichter, in die weit aufgerissenen Augen und die zu lautlosen Schreie verzogenen Münder. Ein Schauer rann über seinen Rücken. Ja, er haßte das Museum. Er wandte sich um und blickte dem Medizinmann direkt ins Gesicht. Die künstlichen Augen der Figur blickten tot durch ihn hindurch. Welch großartige Arbeit, dachte Michael insgeheim, selbst das Lächeln auf dem Wachsgesicht wirkte zufrieden und so lebensecht. Er wandte sich um und verließ langsam das Museum.

ENDE

Wie man Dämonen ruft

Kurzgeschichte von Birgit Raule

Der Postmann klingelte nun zum dritten Mal, schaute durch den Briefschlitz an der Tür und wunderte sich, das die letzten Briefe, die er an den vergangenen Tagen eingeworfen hatte immer noch auf den Boden lagen. Wenn er nicht gerade einen Einschreibebrief hätte wäre er einfach wieder gegangen. Er mochte diese Dame die hier wohnte, obwohl man munkelte das sie eine Hexe sei. Der Postbote zuckte mit den Schultern. Er hielt nicht viel von solchem Geschwätz. Dorfklatsch war ihm zuwider. Leider lag es an seinem Beruf, das bei ihm immer wieder ein Herz ausgeschüttet wurde. William Schuhmann überlegte wie er sich nun verhalten sollte. Er klopfte an die Tür und bemerkte dabei das die Tür nur angelehnt war. Verwundert drückte er sie weiter auf und rief nach der Frau.
Keine Antwort. Er ging durch den Flur, schaute in das angrenzende Zimmer.
„Hallo?"
William Schuhmann sah im Zimmer die Frau stehen, sie hatte ihm den Rücken zugekehrt und schien ihn nicht gehört zu haben.
„Hallo? Frau Jungmann? Hallo?"
Immer noch rührte sich die Frau nicht. Sie stand mitten im Zimmer und bewegte sich nicht. Sie gab auch keine Geräusche von sich, kein Atmen und kein Zittern. Rein gar nichts.
„Hallo?"
Er ging zu der Frau, umrundete sie, so das er ihr ins Gesicht sehen konnte. William stockte der Atem und das erste Mal seit er Erwachsen war machte er sich die Hosen naß. Er starrte der Frau ins Gesicht und wußte es. Diese Frau stand in ihrem Zimmer und war tot. William schrie und schrie, er konnte nicht mehr aufhören zu schreien. Als zehn Minuten später die Einsatzkräfte der Polizei, die durch die besorgten Nachbarn alarmiert worden waren, eintrafen, schrie er immer noch.

Julia Winter saß in der Klasse und grinste vor sich hin. Sie freute sich schon auf den Abend. Ein leichtes Kribbeln erfaßte ihren Körper, wenn sie nur daran dachte. Heute, ja heute würde sie dieser Hexe Sabine eine Lektion erteilen. Sie haßte Sabine Jungmann. Seit sie zusammen in den Kindergarten gegangen waren und jetzt erst recht. Sabine war schon immer eine stille liebenswerte Person, jeder mochte sie und alles viel ihr nur so in den Schoß. Die guten Noten in der Schule, die tollen Jungs, die ihr in Scharen nachliefen und natürlich das viele Geld, das sie besaß. Gott, sie haßte Sabine Jungmann.

Nun gut, sie hatte schon früh ihre Eltern verloren und vor kurzem auch ihre letzte Verwandte, ihre Tante Emilie, aber das änderte nichts. Im Gegenteil, jetzt war sie auch noch die einzige in der Klasse die ein eigenes Haus besaß. Sie war jetzt Alleinerbin. Julia platzte vor Neid. Das ihr jetzt auch noch dieses grenzenlose Mitgefühl der Dorfbewohner entgegen schlug ärgerte Julia besonders. Diese blöde Zicke war für sie einfach zu lieb und zu gut für diese Welt. Das konnte nicht mit rechten Dinge zugehen. Sabine Jungmann besaß keine Konfession und trotzdem wurde sie gerade in diesem streng katholischen Dorf von Jedermann geachtet und geliebt. Es war zum verrückt werden. Je mehr Julia darüber nachdachte um so stärker wurde ihr Zorn, ja, in ihrem Inneren kochte es geradezu. Wegen diesem Weib war sie immer die ewige Zweite.

Aber heute würde sich das ändern. Heute würde sie Sabine dazu bringen, das sie das Dorf verließ und morgen würde die Welt endlich so sein, wie Julia es sich wünschte. Wieder glitt ein Lächeln über ihr Gesicht. Sie hatte sich nach dem Tod der Tante bei ihr eingeschlichen, Freundschaft und Mitgefühl vorgeheuchelt. Das Mädchen in die Arme genommen und getröstet als man ihr die schlimme Nachricht überbrachte. Obwohl sie ihr damals bei dieser Umarmung lieber den Hals umgedreht hätte. Sie hatte ihr Rolle gut gespielt, denn Sabine hegte keinen Zweifel an ihrem plötzlichen Sinneswandel. Wahrscheinlich war sie einfach nicht in der Lage logisch zu denken... Wer weiß?

Julia war die Sprecherin einer kleinen Clique und sie hatte es erfolgreich zustande gebracht ihre Freunde auf die Seite zu ziehen. Jeder würde bei ihrer Aktion heute Abend mitmachen. Alles war bis ins letzte Detail geplant und schon zum Teil ausgeführt. Alles würde nach Plan verlaufen. Julia fing an zu kichern, so sehr amüsierte sie sich.

„Du bist früh dran", rief Sabine ihrer neuen Freundin zu.

„Klar, denkst du denn ich laß dich die ganze Vorbereitung für die Party alleine machen?"

Julia umarmte das Mädchen und hätte Sabine ihr in diesem Moment ins Gesicht sehen können, hätte sie einen Ausdruck erkannt der ihr bestimmt nicht gefallen hätte.

Keine zwei Stunden später und Sabine hatte etwa 12 zusätzliche Gäste. Sie hatte mit ihrer neuen Freundin Julia eine Party organisiert. Wozu die gut war wußte sie selbst nicht, aber das war ihr auch egal. Sie freute sich, das sie nun eine Menge Freunde hatte die sie nicht im Stich ließen und außerdem wurde sie dadurch von ihrer Traurigkeit abgelenkt.

„Keine Cola mehr da", rief Bernd und gab somit das vorher verabredete Zeichen

„Wie, keine Cola mehr da?", rief Julia gespielt entrüstet, "Wer war denn für die Beschaffung verantwortlich?"

Nur mit Mühe konnte sie sich ein Kichern verkneifen.

„Ich glaube das warst du", rief ihr Bernd zu.

„NEIN!", Julia tat erschrocken. So, als hätte sie die Erkenntnis wie ein Blitz getroffen. Sie schlug theatralische die Hand vor den Mund und machte schuldbewußte große Augen. Sie spielte ihr Rolle perfekt.

Julia wandte sich an Sabine. "Hör mal, können wir nicht schnell ein paar Flaschen holen? Wir nehmen dein Auto, dann sind wir ganz schnell wieder hier."

„Du meinst, wir sollen die hier alleine lassen? In meinem Haus?"

„Wieso nicht, traust du uns nicht?"

„Doch, schon."

„Wo liegt dann dein Problem? Laß uns fahren!"

Julia packte Sabine am Arm, schnappte sich die Autoschlüssel die auf der Kommode lagen und zog sie zur Tür hinaus. Julia war zufrieden, ihr Plan ging auf. Während sie einkaufen gingen, würden die Anderen das Haus präparieren und dann konnte die Show beginnen. Dann ,ja, dann würde Sabine eine Nacht erleben die sie bestimmt nicht mehr vergißt.

Eine halbe Stunde später kamen die beiden Mädchen wieder zurück. Es wurde gegessen und getrunken, Musik gehört und angeregtes Geplauder erfüllte das Haus. Die Stimmung war ausgelassen. Es war so gegen zwölf Uhr, nur noch fünf Gäste, der harte Kern sozusagen, saßen in einen Kreis formatiert auf den Boden und lachten miteinander.

Julia blinzelte Bernd zu, der nickte wissend.

„War deine Tante nicht eine Hexe?"
Das Stichwort war gegeben und jeder im Raum wurde still.
Sabine zog scharf die Luft ein.
„Wie kommst du denn darauf?"
„Nun ja, man munkelt es. Stimmt es denn?"
„Keine Ahnung", sprach Sabine, „Ich hatte keinen so engen
Kontakt zu ihr."
„Ehrlich nicht?"
Julia mischte sich ein.
"Du darfst ihm das nicht übel nehmen. Bernd war schon seit
jeher ein unsensibler Klotz. Von Anstand keine Spur. Aber
wenn ich mal ehrlich sein soll, nichts gegen deine Tante, über
Tote soll man ja nicht schlecht reden, aber da gingen schon
einige Gerüchte um!"
„Davon weiß ich nichts", Sabine war unsicher.
Julia bohrte weiter.
"Weißt du, ich glaub da war schon was Wahres dran, es heißt
doch in jedem Gerücht steckt ein Körnchen Wahrheit. Hast du
denn keine persönliche Dinge mehr von deiner Tante?"
„Doch, oben auf den Speicher."
Alle waren auf einmal Feuer und Flamme und Sabine dachte
sich nichts dabei als sie auf den Dachboden gingen. Sie
öffneten Kisten, beschauten sich alte Fotos bis Julia plötzlich
ein Buch hochhielt.
„Ich wußte es", triumphierte sie.
"Ich wußte es. Seht doch her, ein Buch mit Ritualen.
Hexenrituale!"
Sie blätterte aufgeregt die Seiten durch und seufzte zufrieden.
„Das habe ich aber noch nie hier gesehen", warf Sabine ein.
„Hast du denn die Sachen durchsucht?"
„Nein."
Mit einem wo-liegt-dein-Problem-Achselzucken wandte sie sich
den Anderen zu.
"Was ist, wollen wir mal was ausprobieren? Hiermit kann man
sogar Dämonen rufen!"
„Hört mal, ich finde das ist keine gute Idee, ehrlich nicht. Ich
habe diese Sachen noch nie hier gesehen..."
Sabine fühlte sich mehr als unwohl.
„Du willst ja nur kneifen. Ist das ein klägliches
Ablenkungsmanöver weil wir rausgefunden haben das deine
Tante tatsächlich eine Hexe war?"
Julia lächelte hämisch. Alle standen sie zusammen und
schauten Sabine an.

"Wie ihr wollt", sie hob resigniert die Schultern.

Kurz darauf herrschte reges Treiben auf den Dachboden. Eine freie Fläche wurde geschaffen, Kerzen wurden angezündet und auf ein schwarzes Tuch verteilt, auf dem sich alle setzen würden. Sabine wunderte sich immer noch. Nicht nur, das irgend wie alle wußten was zu tun war, nein, auch die zur Anrufung nötigen Dinge lagen bereit.

Die Anrufung konnte beginnen, alles lag bereit. Sie saßen zu siebt auf dem Tuch, formiert zu einem Kreis und faßten sich an den Händen. Julia hatte das Buch auf ihren Schenkeln liegen, die Arme erhoben und den Kopf in den Nacken gelegt.

Durch den halb dunklen Raum erklang ihre tiefe Stimme und eine unheimliche Stimmung erfaßte die Jugendlichen.

„Komm, oh komm zu mir, großer mächtiger Infamios! Komm und erhöre mich!"

Sabine hielt die Augen geschlossen und wartete. Sie fühlte sich unwohl.

„Öffnet nun eure Augen", rief Julia.

Sabine sah sich um, schaute den anderen ins Gesicht und es kam ihr schon etwas seltsam vor, da einige den Eindruck machten als müßten sie sich ein Lächeln verkneifen.

Ein dumpfes Klopfen erklang. Zuerst schien es von der Decke herabzuschallen, dann kam es von den Seiten. Dumpfe trockene Schläge, dessen Vibrationen die Kinder in ihrem Innersten spürten. Sabine war zutiefst erschrocken.

„Infamios, ich habe dich gehört, nun zeig dich mir!"

Julia war ganz in ihrem Element, sie zwinkerte Bernd verstohlen zu. Plötzlich gingen alle elektrischen Lichter an. Alte Lampen erglühten. Lampen aus den fünfziger Jahren, mit Schirm, ohne Schirm, verstaubte Geräte, die willkürlich im Speicher verteilt standen. Alle saßen still und beobachteten das Phänomen.

Julia sprang auf, breitete die Arme aus, schüttelte sich und stieß gurgelnde Laute aus.

„Komm, komm zu mir Infamios. Das Licht der weißen Magie steht mir bei, die Kräfte der vier Pole sind anwesend. Infamios, komm. Komm zu mir. Zeig mir deine Gestalt, auf das ich dir ewig dienen kann..."

Ein leises Knistern und Knacken herrschte im Raum. Aus verschiedenen Richtungen wurden die Geräusche immer lauter. Die Jugendlichen blickten sich ängstlich um. Irgend etwas baute sich auf dem Dachboden auf.

Die Spannung stieg ins Unerträgliche. Plötzlich sprang auch Sabine auf die Füße. Sie hatte es gesehen. Die vielen Dinge, ein jeder auf dem Speicher verstaut, sie zitterten. Zuerst dachte sie, ihre Nerven würden ihr einen Streich spielen, doch dem war nicht so. Ein Korb, der in der gegenüberliegenden Ecke stand und mit allerlei Trödel gefüllt war, bewegte sich langsam von einer Seite zur anderen. Sabine, die direkt in der Bewegungslinie stand, sprang zur Seite. Sie zitterte, ihre Angst schüttelte sie regelrecht durch. Ihre Hände umfaßten ihren Kopf, als wolle sie damit verhindern das sie ihren Verstand verlor.

„Hör auf! Julia, hör auf damit", schrie sie und taumelte auf das Mädchen zu, die ein zweites Mal unmerklich in Bernd's Richtung nickte. Mit einem Schlag gingen alle Lampen aus und der Raum wurde mit der Schwärze der Dunkelheit ausgefüllt. An der Decke erschien ein schwaches violettes Licht, dessen Intensität langsam aber stetig zunahm. Sein Leuchten verbreitete sich pulsierend, veränderte seine Farben und auch seine Position. Die Erscheinung schwebte auf Sabine zu, die sich parallel dazu in die entgegengesetzte Richtung drückte. Ihr Gesicht war eine angstverzerrte Maske mit weit aufgerissenen glasigen Augen. Ihr Mund formte Worte die nicht zu hören waren. Schweiß stand auf der Stirn und perlte als kleine Tropfen die Schläfen hinunter. Sabine schrie. Sie stand wankend an der Wand, immer den Blick auf das näherkommende Licht gerichtet, hob zur Abwehr ihre Arme vor das Gesicht und war dem Wahnsinn nahe.

Eine gnädige Ohnmacht erfaßte das verzweifelte Mädchen, bevor das Licht ihre Hände berührte. Sie sank dem Boden entgegen, als hätte man ihr alle Kraft aus dem Körper gestohlen.

Zuerst herrschte lähmende Stille im Raum dann machte ein verhaltenes Kichern die Runde. Julia war zufrieden.
„Bernd mach bitte wieder das Licht an."
„Was glaubst du? War das nicht ein bißchen zuviel?"
„Ach was, hat doch funktioniert, oder nicht? Schnell, wir müssen die Sachen wegräumen bevor sie wieder zu sich kommt. Ich wette mit euch, morgen zieht sie aus. So wie die geschrien hat bleibt die keine Minute länger hier als nötig!"
„Genau", warf Bernd ein, "So wie sie geschrien hat. Das war zuviel, sag ich dir!"
„Ach! Hast du etwa ein schlechtes Gewissen? Aber eins muß ich dir lassen, du hast ganze Arbeit geleistet. Wie hast du denn

dieses Licht hinbekommen?"

„Phosphoreszierte Watte um einen Laternenstab gewickelt. Wozu ein St. Martin Laternchen doch gut sein kann."

So schnell das schlechte Gewissen bei Bernd gekommen war, so verschwand es auch wieder und er half den anderen bei der Beseitigung der fingierten Spuckerscheinungen.

Kabel und Verbindungsstecker wurden abgezogen. Glühbirnen ausgeschraubt, das Zugseil vom Korb abgeschnitten. Immer wieder erklang ein leises Kichern. Julia beugte sich über das Bewußtlose Mädchen.

"Die ist immer noch hinüber, wir haben ganze Arbeit geleistet. Beeilt euch trotzdem, wer weiß wie lange die noch weg ist."

Sie drehte sich um, zog eine Plastiktüte hervor und bückte sich um die Kabel wegzupacken. Gerade als sie es fassen wollte zog sich das Kabel zusammen und rollte sich wie eine Schlange ein. Der Stecker am Ende bog sie ihr wie eine drohende Kobra entgegen.

„Laß das Bernd!"

„Was denn? Ich mach doch gar nichts."

„Du sollst das lassen!"

Bernd wandte sich um, wollte gerade zu Julia gehen, als das Zimmer zu explodieren schien. Rauch drang aus den Wänden, die Lampen, die nun wirklich tot waren, glühten. Bücher, Kartons und Trödel flog durch den Raum. Die Jugendlichen warfen sich auf den Boden, verbargen ihre Köpfe unter den Armen.

„Was ist hier los? Hört auf damit!"

„Das sind wir nicht Julia, irgend etwas passiert hier!"

Julia hatte genug. Sie kroch auf allen Vieren Richtung Tür, wobei sie sich immer wieder umsah. Raus, nur raus hier, dachte sie. Kurz bevor sie die Tür erreichte hob sie ihren Blick aber statt dem rettenden Ausgang sah sie eine Gestalt, die etwa zwanzig Zentimeter über den Boden schwebte. Es war Sabine.

Das Mädchen war in einem seltsamen Nebel gehüllt, ihre Haare und auch ihre Kleider wogten umher, als würden sie von einem unsichtbaren Wind umweht. Das Gesicht war starr und bleich und ihre Augen strahlten in einem kalten Glanz.

„Wo willst du denn hin?"

Julia erschrak. Diese Stimme! Diese Stimme war nicht Sabines. Sie klang viel zu dumpf, zu männlich und sie hallte in einem Echo, als wäre sie durch ein Rohr gesprochen worden.

„Bitte, Sabine! Es war nur ein Scherz! Wir wollten dich nur

erschrecken!"

Julia erschauerte. Zum ersten Mal in ihrem jungen Leben verspürte sie Todesangst. Sie wand sich, Tränen liefen über ihr Gesicht und verschmierten ihr billiges Make-up.

Das Wesen, das einmal Sabine war, schwebte immer noch in der Luft und schaute böse auf das vor ihr kauernde Mädchen.

„Sabine! Bitte hör auf damit. Es war alles gestellt! Die Anrufung. Einfach alles. Wir haben den Raum manipuliert, ja selbst das Buch haben wir selbst gemacht. Es ist kein echtes Buch und auch keine echten Zaubersprüche. Siehst du?"

Verzweifelt hielt Julia das Buch der Gestalt entgegen.

Blitzschnell packte das Wesen Julia an den Haaren, riß sie hoch, so das sie nun auf gleicher Höhe waren. Das Mädchen roch den Tod aus dem Mund der Fratze, der sich nun zu einen eiskalten Lächeln verzog.

„Ich weiß, ich weiß", rief der Dämon.

„Zuerst muß ich dir danken. Du hast mir einen wunderschönen Körper besorgt, der letzte von dem ich Besitz ergreifen wollte, ist vor Schreck gestorben. War eine blöde Sache!"

„Ich habe dir keinen Körper besorgt", schrie Julia.

"Die Anrufung war nicht echt. Wir, wir haben das Buch geschrieben, uns die Worte selbst ausgedacht. Auch die Zeremonie. Nichts ist echt. Ich bin auch keine Hexe, habe keine magischen Kräfte und ich glaube nicht mal an die Magie!"

Der Dämon lachte schaurig und schüttelte das Mädchen durch.

„Du bist wirklich dumm. Man muß keine Hexe sein um Dämonen rufen zu können und es kommt nicht immer auf die Worte, sondern auf die Zeremonie an. Man muß sich nur angesprochen fühlen!"

Der Dämon schaute die zitternden Kinder böse an.

"Und da ihr so gierig darauf seid mir zu dienen, fühl ich mich erstrecht angesprochen. Ich werde euch führen. Ich werde euch beherrschen, aber zuerst lernt ihr meinen richtigen Namen..."

ENDE

Die Seance

Kurzgeschichte von Birgit Raule

Tausende Geschichten gibt es über das Unerklärliche. Bestimmt haben Sie die eine oder andere schon gelesen, gehört oder kennen sogar welche, die sie erlebt haben.

Ich kenne diese Geschichten auch, aber aus eigener Hand, wie man so schön sagt. Anfangs hielt ich diese Erzählungen für reinen Schwachsinn. Stephen King war für mich ein einweisungsbedürftiger Sonderling und die ganzen Gruselfilme hielt ich für ausgemachten Blödsinn. Ja, wie sich die Zeiten ändern.

Meine Ansichten änderten sich mit der Begegnung eines außergewöhnlichen Mädchens. Sie kam mit dem neuen Schuljahr nach den großen Sommerferien in unsere Klasse. Ich weiß es noch wie heute: Sie öffnete die Tür, schaute sich im Raum um, sah mich an, ging lockeren Schrittes auf meinen Tisch zu, setzte sich neben mich und lächelte mich auch noch an. Das war es dann. Ich war verloren, oder auch verliebt. Wie man es nimmt.

Wir verbrachten ab da viel viel Zeit miteinander. Sie akzeptierte mich so wie ich war und ich sie genauso. Obwohl mich manche Dinge sehr beunruhigten. Sie trug gerne schwarz, nein, das war gelogen: Sie trug nur schwarz! Selbst ihre Unterwäsche war schwarz. Ich hab es gesehen.

Religion schwänzte sie grundsätzlich und in die Kirche ging sie auch nie, aber den Friedhof, den fand sie spitze!

Dort ging sie fast jede Woche hin, am liebsten Nachts. Außerdem hatte sie ganz merkwürdige Freunde, die sich ganz seltsam begrüßten, sich irgendwelche Zeichen in den Arm ritzten und sich mit fremden Namen anredeten.

Da ich ja jetzt ihr Freund war wurde ich auch aufgenommen in diese Familie. Alle waren sehr Nett zu mir, obwohl ich nicht glaubte, das sie mich besonders mochten. Sie taten es bestimmt nur meiner Freundin zuliebe, genauso wie ich nur meiner Freundin zuliebe mitmachte. Ich glaube auch nicht, das sie eine andere Wahl hatten, da meine Freundin das Oberhaupt, die Herrin war. Und sie gab sich mit mir ab. Wie kann man da nein sagen?

Ich war plötzlich ihr ein und alles, fragen Sie mich ja nicht warum. Mir schenkte sie immer ganz seltsame Bücher, die sich eben mit solchen Dingen befaßten wie Vampiren, Werwölfe, Hexenbeschwörung und Satans- oder Geisteranrufungen.

Naja, zuerst konnte ich damit ja gar nichts anfangen. Aber dann hatte ich mich hineingelesen, mich kundig gemacht, andere Bücher besorgt. Man konnte schon sagen, das ich das Unerklärliche studiert hatte. Ich war gefangen und gefesselt an dem Unbegreiflichen des Daseins. An der Polarität zwischen Gut und Böse. Der ewige Kampf der Mächte, der, obwohl von den Wissenschaftlern stets bestritten, auch auf Mutter Erde statt fand.

Ich will hier nicht sagen, das ich besessen war. Nein, ich fand es einfach nur toll. Mehr nicht. Ehrlich nicht.

Eines Tages rief sie mich zu sich. Sie hielt ein ganz altes Buch in der Hand und bat mich, das ich es doch lesen sollte. Es war ein uraltes Buch. Es enthielt Rituale für Seancen. Ich sollte es lesen und dann mit ihr darüber sprechen. Ich war mächtig stolz das sie auf meine Meinung soviel Wert legte.

Und wissen Sie was? Ich hab es gerne gelesen!

Himmel, was fand ich doch interessante Beschreibungen über die Ausführung einer Seance, und wenn man sich genau an die Anweisungen halten würde, könnte man doch tatsächlich einen alten ,längst verstorbenen Magier dazu zwingen zu erscheinen. Und wissen Sie was das komische daran war? Er trug doch wahrhaftig den gleichen Nachnamen wie ich!

Es hieß in dem Buch auch noch, um ihn auch wirklich rufen zu können, mußte man Teile seines Skelettes finden und mit in der Seance einbringen.

Das alles erzählte ich meiner Freundin, aber die wußte das schon. Sie hatte das Buch bestimmt auch schon gelesen und nicht nur das, nein, sie wußte auch wo der Magier begraben lag. Toll, was?

Es war sogar ganz in unserer Nähe. Ich kannte den Ort. Als Kind hatte ich immer in diesem Wald gespielt. Meine Freundin wußte sogar genau die Stelle an der er begraben lag. Woher weiß ich auch nicht, also fragen Sie mich nicht!

Jedenfalls erteilte sie mir die Ehre seine Gebeine zu bergen. Ich wollte das nicht, zu sehr fürchtete ich mich in den Wald zu gehen um Knochen auszugraben. Knochen von einem Menschen. Von einem toten Menschen. Ich war entsetzt! Wo doch selbst meine Oma mir immer gesagt hatte, das man die

Toten ruhen lassen sollte und bei aller Liebe, irgendwie war mir die Angelegenheit zu gruselig.

Sich mit der Magie zu beschäftigen und sie auch auszuführen, das waren zwei paar Stiefel!

Ich war völlig aus der Reihe, aber meine Freundin hatte mich dann beruhigt. Sie hatte mich in die Arme genommen, mir Mut zugesprochen und mich gestreichelt. Sie war so lieb zu mir, wir hatten sogar Sex! Na ja. Fast. Beinahe....

Sie sagte, sie könne nur mit einem mutigen Mann Liebe machen und nicht mit einem, der sich nicht mal trauen würde in den Wald zu gehen um ein paar Knochen auszugraben ...

Nein, nein, mit so einem würde das nicht funktionieren!

Soll ich Ihnen was sagen? Das hatte mich überzeugt! Meine Freundin wußte, das ich mutig war, sie bewunderte mich. Also bin ich gegangen!

Man mußte die Knochen genau um Mitternacht ausgraben, deswegen machte ich mich also auf den Weg, Wie schon gesagt, ich kannte die Stelle, obwohl ich mich vorher nie ganz hingetraut hatte. Sie lag mitten im Wald, auf einer kleinen Lichtung. Ich Wette, wenn man vom Hubschrauber aus nach unten sehen würde, könnte man meinen, das der liebe Gott diese Stelle bei seiner Erschaffungsgeschichte vergessen hatte. Sie war kreisrund und hatte einen Durchmesser von ungefähr 20 Metern. Nichts, aber auch rein gar nichts wuchs auf dieser Stelle. Nicht mal Ungeziefer hielt sich dort auf. Früher hatte ich diesen Ort immer beobachtet und ob Sie es glauben oder nicht, aber selbst die Vögel flogen nicht darüber. Das verschlägt Ihnen die Sprache, nicht wahr? Oder denken Sie, ich lüge?

Jedenfalls ging ich auf die Lichtung und mir wurde ganz mulmig zumute. Ich fand sofort das Grab. Irgend ein Idiot hatte genau auf der Stelle ein Lagerfeuer gemacht. Der Boden war richtig verbrannt. Ich fand das eine riesen Sauerei. Die Leute heutzutage hatten keine Achtung mehr! Aber ehrlich.

Ich fing an zu graben, wobei ich laut vor mich hinredete. Ich erzählte von meiner Freundin, das sie nach dieser Aktion bestimmt richtig mit mir Liebe machen würde. Das ich das mit dem Ausgraben bestimmt nicht böse meinen würde und daß, falls die Anrufung funktionieren würde, ich mich sehr freue ihn kennen lernen zu dürfen. Wenn ich ehrlich sein soll hatte ich danach ein Gefühl als wäre jemand bei mir!

Es hatte nicht mal eine Stunde gedauert bis ich das Skelett fand. An seinen Füßen und Händen trug es Fesseln und ich war richtig schockiert das man zu sowas fähig war. Mir kamen die Tränen.

Aber ich erinnerte mich auch noch an meine Order. Also entschuldigte ich mich nochmals für die Störung, sammelte die Handknochen ein und machte mich daran das Grab wieder zuzuschaufeln. Hastig packte ich danach alles zusammen und machte mich auf den Weg.

Es dauerte nicht lange, da war ich wieder bei meiner Freundin und das Unglaubliche war, sie war nicht mehr alleine.

Alle unsere Freunde waren zu ihr gekommen. Noch unglaublicher war, sie freuten sich alle mich zu sehen. Mir wurde auf die Schultern geklopft, man umarmte und küßte mich.

Dann sind wir alle auf den Speicher gegangen, der, wie soll ich es sagen, völlig umgeräumt war. Überall waren schwarze Tücher mit Pentagrammen aufgehängt. Der Speicher war voller Rauch, weil man verschiedene Kräuter verbrannt hatte. Schwarze Kerzen erleuchteten den Raum, in dessen Mitte ein runder Tisch mit sieben Stühlen stand.

Wir versammelten uns um den Tisch, auf dem ein schwarzes Tuch lag.

Darauf stand eine kleine Keramikschüssel mit einem Mörser.

Wie setzten uns auf die Stühle und als ich mich umschaute, bemerkte ich, das alle irgendwie richtig aufgeregt wirkten. Alle waren in schwarzen Kutten gehüllt, was ich ziemlich lächerlich fand.

Dann legte meine Freundin die Handknochen in die Schale und begann sie zu zerdrücken. Sie murmelte dabei leise vor sich hin, während sich die anderen an den Händen faßten, die Augen schlossen, um toter Mann zu spielen.

Ich beobachtete meine Freundin wie sie die Knochen zerkleinerte, Kräuter hineinlegte und das Ganze auch noch anzündete. Es qualmte gewaltig. So stark, das es mir im Hals kratzte und ich ein Husten kaum unterdrücken konnte.

Meine Freundin sang die Anrufung. Sie hatte die Hände mit der Schüssel über den Kopf gehoben. Sie hielt sich genau an die Anweisungen, jeder Handgriff saß und ich dachte bei mir, das sie das bestimmt nicht zum ersten Mal machte. Alle sahen so aus, nur bei mir, bei mir war es das erste Mal.

So wartete ich gespannt was jetzt wohl noch passieren würde.

Ich schaute in die Runde und plötzlich sah ich es. Eine violette Wolke bildete sich in der hinteren Ecke, der Raum wurde eisig kalt und ein heftiger Luftzug wehte die Kerzen aus. Meine

Freundin hatte mit dem Singen aufgehört, bestimmt weil sie nichts verpassen wollte. Die Wolke wurde immer größer und setzte sich in Bewegung, genau in die Richtung, in der wir saßen. Kurz darauf war der Dunst direkt über unserem Tisch und manchen wurde ganz Angst und Bange.

Einige wollten aufspringen und weglaufen, doch sie konnten es nicht. Es war ihnen unmöglich sich zu bewegen, als hätte sie jemand an den Stühlen festgeklebt und mit Zement übergossen.

Der Junge neben mir stöhnte auf und auch meine Freundin gab ganz komische Geräusche von sich.

Die Wolke verdichtete sich immer mehr und wenn man genau in die Mitte sah, dann konnte man darin eine Gestalt entdecken.

Es hatte die Umrisse eines Mannes. Zuerst sah man nur die Gestalt. Sie war groß und eindrucksvoll. Wenige Sekunden später konnte man schon ein Gesicht erkennen.

Wie soll ich es sagen, aber irgendwie hatte ich den Eindruck, das er sich überhaupt nicht freute hier zu sein. Seine dunklen Augen glitzerten schwarz in ihren Höhlen, die Brauen waren zusammengezogen. Der Mund war zu einen schmalen Strich gepreßt.

Keine freundliche Mimik. Aber etwas an dieser Erscheinung störte mich. Zuerst wußte ich gar nicht was es war, aber dann fiel es mir auf.

Dem Geist fehlten die Hände! Alles war da, nur über den Handgelenken hörte das Geistwesen einfach auf. Wild gestikulierte die Gestalt. Wütende Gesten, gerade so, als wolle es alles zerschlagen.

Meine Freundin schrie entsetzt auf, da die wütende Gestalt sich ihr schnell näherte. Trotz, daß es keine Hände hatte, packte es meine Freundin und zog sie hoch.

Hoch in die Luft, ihre Füße baumelten mindestens einen halben Meter über den Erdboden. Wenige Sekunden später schrie sie nicht mehr. Die Hände, die eigentlich nicht da waren und man auch nicht sah, schlossen sich um ihren Hals und nach den Geräuschen zu urteilen, drückten sie auch zu. Sie müssen sehr fest gedrückt haben, denn sie fing an zu röcheln und zu würgen. Sie zappelte mit den Füßen, die frei in der Luft schwebten und auf dem Gesicht des hergerufenen Geistes machte sich ein gehässiges Grinsen breit.

So als wenn es Spaß daran hätte, es ihm eine unsagbare Befriedigung bereite, dem jungen Leben ein Ende zu setzten. Das Gesicht meiner Freundin lief rot an, das Röcheln wurde immer leiser, bis es schließlich ganz aufhörte. Dann geschah das Unglaubliche. Unzählige violette kleine Blitze hüllten ihren Körper ein und tauchten meine Freundin in einen Nebel, bis ihre Konturen immer schwächer wurden. Erst nach einigen Sekunden bemerkte ich, das der Nebel ihren Körper auflöste. Entsetzten stand auf ihren Augen, sie hatte ihren Mund zu einem lautlosen Schrei aufgerissen, aber es war nichts zu hören. Im Gegenteil, der Nebel drang sofort in ihren Mund ein, als würde sie ihn einsaugen. Voller Schrecken sah ich, je mehr sie den Dunst einatmete, um so mehr verschwand sie. Der Nebel fraß sie regelrecht auf, während die Spukgestalt das ganze amüsiert beobachtete. Kaum war meine Freundin verschwunden, bewegte sich der tote Magier auf den Tisch zu. Die Panik erfaßte mich und schüttelte mich durch. Ich bemerkte auch, das es den anderen nicht anders erging. Wir hielten uns immer noch an den Händen, starr vor Schrecken, unfähig uns voneinander zu lösen, geschweige denn, uns zu bewegen oder fort zu laufen.

Der Junge neben mir fing an zu keuchen. Ich kannte ihn, er war noch nicht lange in unserer Familie, gerade mal 16 Jahre alt. Ich sah in seine Augen und erkannte seine Angst. Die gleiche stand ich im Moment auch aus.
Wir standen sie alle aus.
Ein ängstliches Stöhnen erfaßte den Raum, jeder sah seinem eigenen Tod in die Augen, während die Erscheinung immer näher kam und sich hinter den Jungen stellte, der mir gegenüber saß.
Er legte ihm die Arme ohne Hände auf die Schultern, beugte sich zu ihm hinunter und flüsterte dem ängstlichen Jungen ins Ohr. Wir konnten nicht verstehen was er dem Jungen gesagt hatte, aber es ums etwas sehr schreckliches gewesen sein, da er, wie meine Freundin, den Mund aufriß und schreien wollte.

Selbst als dieser Junge verschwunden war, hatte der Alp noch nicht genug. Wir waren jetzt nur noch zu fünft und mir kam der Gedanken, das dies wohl meine letzte Nacht auf Mutter Erde war. Eine kalte Starre erfaßte meinen Körper, der Geist holte sich einen nach dem anderen. Bei jedem lief es relativ gleich ab, obwohl sich die Angst der Jungen jedesmal steigerte. Ich wußte nicht was ich als Schlimmstes einstufen sollte, die

unsagbare Todesangst, die derjenige vorher zu erleiden hatte oder die Qualen, die der Nebel bewirkte, wenn er den Körper auffraß. Noch immer war nur wenig zu hören, außer das zufriedene Gekicher des Geistes. Sie können mir glauben, das war das grausamste Kichern das ich je gehört hatte. Es dauerte noch mindestens zehn Minuten, bis nur noch ich übrig war. Das also war meine Strafe! Ich war der Letzte und mußte alles mit ansehen. Welche Qualen mußte ich wohl erleiden, ich, der dem Toten die Gebeine gestohlen hatte.
Ich schloß meine Augen und wartete auf mein Ende.

Ich atmete laut und hastig, aber nichts geschah. Als ich die Augen öffnete, sah ich ihn vor mir stehen. Sein Blick hatte sich verändert, seine Augen blickten mich milde und Wissend an.
Ich verstand die Welt nicht mehr, das können Sie mir glauben.
Dann sprach er zu mir.
Wie sehr er sich doch freue mich kennen zu lernen. Ich, sein Nachkomme, in dessen Adern sein Blut floß. Ich, der ihn aus seinem kühlen Grab geholt hatte. Ich, der ihm diese vielen jungen Leute zum Opfer brachte. Nur, das seine Hände verloren waren, das fand er gar nicht gut. Doch würde er mich verschonen, wenn ich ihm in Zukunft ein guter Gehilfe wäre.
Tja, ich würde ihnen gerne noch mehr erzählen, aber ich bin sehr in Eile. Ich bekomme nämlich Besuch. Sechs junge Leute die mich bei einer Seance begleiten wollen.
Möchten Sie auch mitkommen?

ENDE

Herr des Nebels

Kurzgeschichte von Birgit Raule

„Hallo?"

„Hallo Michael, bist du schon wach?"

„Jetzt ja", entgegnete Michael Buschmann mürrisch.

„Es gibt Arbeit für dich", sprach sein Kollege Steffen Niedermeier in den Hörer. Im Hintergrund hörte man eine Frau laut schluchzen. Eine Männerstimme versuchte sie zu beruhigen und Michael kam es so vor, als würde er diese Stimme kennen. Er schaute auf die Uhr, registrierte, daß es kurz nach halb drei war und setzte sich in seinem Bett auf. Eigentlich müßte er es ja gewöhnt sein zu solch unchristlichen Zeiten geweckt zu werden, denn Michael war Polizist. Leiter der Mordkommission Wuppertal und eigentlich hatte er erst gestern seinen Urlaub angetreten.

„Wieso Arbeit für mich? Bin im Urlaub, falls es dir entfallen ist."

„Es ist mir nicht entfallen, Du solltest trotzdem herkommen!" Etwas in Steffens Stimme ließ ihn aufhorchen. Wenn sich selbst sein Kollege, dieser knallharte Bursche aus Stahl, den alle nur Mister Eis schimpften, betroffen war, dann mußte schon etwas sehr Schlimmes passiert sein.

„Was ist los?"

Michael war jetzt Hellwach.

„Du kennst doch die Zwillinge von den Fischers?"

„Ja."

„Nun, sie sind tot."

„Bin unterwegs!"

Michael knallte den Hörer auf und sprang aus dem Bett. Die Zwillinge! Eiskalt kroch es ihm den Rücken runter. Er, sonst die Ruhe in Person, zitterte und ihm wurde übel.

Tot, dieses furchtbare endgültige Wort, das sonst immer weit entfernt und nun mit einem Schlag ihn selbst betraf. Himmel, die Zwillinge. Er kannte sie, sogar sehr gut. Peter und Steffen, keiner konnte sie auseinander halten. Ja, selbst ihr Eltern hatten so ihre Schwierigkeiten damit. Arme Linda. Armer Sven! Sven und er waren das, was man Busenfreunde nennt. Man kennt sich schon vom Kindergarten, geht zusammen in die Schule und verliert sich auch nach 30 Jahren nicht aus den Augen. Michael dachte an das Abendessen, das er erst vorgestern mit den Fischers verbracht hatte, während er sich anzog. Dachte an die tolle Stimmung die geherrscht hatte und daran, wie er mit Sven die Kinder ins Bett brachte. Er wischte sich müde über die Augen in denen die Tränen brannten. Er stürzte die Treppe hinunter zu seinem Auto und fuhr mit quietschenden Reifen los.

Kurz darauf war er am Ziel. Zwei Polizeiwagen standen vor dem Haus, einige Schaulustige hatten sich auch dazugesellt. Er öffnete gerade seine Tür als ihm auch schon Steffen entgegen gelaufen kam.
„Das ging aber schnell. Wie viele rote Ampeln hast du denn überfahren?"
„Ach, halt die Klappe. Wo sind Linda uns Sven?"
Steffen deutete auf das erleuchtete Zimmer.
„Da oben. Ich habe schon alles Nötige in die Wege geleitet. Einen Arzt für Linda auch. Sie ist ziemlich fertig."
„Kann ich mir vorstellen. Sind die Kinder noch oben?"
„Ja, Linda läßt keinen an sie ran. Sprich du mit ihr. Sie ist wie eine Löwin die ihre Kinder verteidigt. Selbst Sven kann sie nicht dazu bewegen uns ins Zimmer zu lassen."
„Sie ist alleine mit den Kindern im Zimmer?"
Steffen nickte geknickt.
„Gütiger Gott!"
Michael seufzte laut, aber auch das half nicht den Knoten in seinem Hals zu lösen. Langsam ging er die Stufen hoch, erreichte den ersten Stock, bog in den Flur ein, den er dann mit zwei Schritten durchquert hatte. Vor der Tür stand sein Freund. Blaß, rotumrandete Augen und eine gebeugte Haltung machte ihn zu einer erbarmenswerten Figur. Als er Michael erblickte schien in ihm ein Damm gebrochen zu sein, denn er fing laut an zu schluchzen.
„Michael!"
Dieser Aufschrei brach dem Kommissar fast das Herz.
„Schon gut! Schon gut!"
Er nahm seinen Freund in die Arme und strich ihm über den Rücken.
„Ich werde jetzt zu Linda gehen."

Er schob den verzweifelten Vater ein Stück von sich.
„Sie macht sich Vorwürfe. Wir waren aus, weißt du? Der
Babysitter hat unten Fern geschaut. Nichts gehört und nichts
gesehen. Als wir dann nach Hause kamen und nach den
Kindern sahen waren sie schon tot. Einfach so. Hörst du
Michael? Tot! Meine Kinder! Und sie hatte nichts gehört!
Nichts!"
Michael fühlte sich immer unwohler.
„Geh schon mal nach unten, Sven, ich komm gleich mit Linda
nach. Geh schon. Du kannst hier nichts mehr für deine Kinder
tun."
Mit hängenden Schultern machte sich der gebrochene Mann
auf den Weg nach unten.

Der Kommissar glaubte sich dem Wahnsinn nahe. Wie er diese
Ungerechtigkeit doch haßte. Zorn stieg in ihm auf. Er fragte sich
gerade, wie er wohl Linda dazu bringen könnte ihn einzulassen,
als sich auch schon die Tür öffnete. Er erschrak. Diese einstig
schöne Frau war nicht mehr. Ihm gegenüber stand eine
gebrochene Frau, die mit dem Tod ihrer Kinder selbst
gestorben war. Ihr Gesicht war Blaß und Ausdruckslos, ihre
Augen rot und geschwollen. Ihre Augen drückten einen toten
Wahnsinn aus, der selbst Michael erschreckte.
„Linda, es tut mir so leid."
Michael ging auf die Frau zu und versuchte sie zu umarmen.
Sie aber wehrte sich, so das er fester zupacken mußte. Nach
kurzer Gegenwehr gab sie dann auf und lehnte sich laut
schluchzend an seine Schultern.
„Meine Babys! Michael, meine Babys!"
Jetzt weinte der Mann auch. Er strich ihr über den Rücken,
wiegte sie wie ein kleines Kind. Er spürte wie sie immer mehr in
die Knie sank, und gerade als sein Kollege mit dem Arzt ankam,
fiel Linda endgültig in Ohnmacht. Während man sie und ihren
Mann vorsorglich ins Krankenhaus brachte, ging Michael ins
Wohnzimmer, schenkte sich einen Brandy ein und wartete auf
den Arzt, der oben die toten Kinder untersuchte.

Michael war tief in seine Gedanken versunken als er hinter sich
leise Schritte hörte.
„Was hat die Kinder getötet", fragte Michael leise.
„Hmm. Das ist schwer zu sagen. Wären sie in meinem Alter

gewesen, würde ich sagen sie hätten einen Herzinfarkt bekommen. Keine Wunden oder Würgemale. Nichts. Kein Blut."
„Unglaublich" seufzte Michael und der Arzt nickte zustimmend.
„Stör ich?"
Steffen Niedermeier betrat den Raum, setzte sich zu den zwei Männern an den Wohnzimmertisch, schenkte sich auch ein Glas Brandy ein und zog die Stirn in Falten.
„Was gibt es denn? Es gibt etwas Neues, nicht wahr? Diesen Blick kenne ich doch an dir! Sag schon!"
Michael sah seinen Freund und Kollegen herausfordernd an.
„Wir haben noch einen Todesfall."
„Sag doch sowas nicht."
Michael war entsetzt.
„Ein kleiner Junge! Die Meldung ging gerade ein. Und jetzt ratet mal. Der Kleine ist ein Klassenkamerad von den Zwillingen. Man fand ihn tot in seinem Bett. Keine Verletzungen, kein Blut. Nichts! Die Eltern schliefen im Zimmer nebenan und hatten nicht das Geringste gehört."
„Das darf doch nicht war sein. Wir fahren jetzt sofort dahin. Ich werde hier die Wohnung versiegeln lassen, dann gehen wir los. Doktor, sie gehen doch mit?"
Schon war Michael aufgesprungen und verließ das Zimmer.
„Was für eine schreckliche Nacht", seufzte der Arzt, trank sein Glas aus und folgte dem Beamten.

Sie stiegen in den Wagen, der vor dem Haus geparkt stand, schlossen die Türen und als sie gerade abfahren wollten klopfte es am Fenster von der Fahrerseite. Eine dunkelhaarige Frau die einen Schäferhund an der Leine führte, klopfte an die Scheibe.
„Sie sind der Einsatzleiter, nicht wahr? Hören Sie, ich weiß Ihre Leute glauben mir nicht, aber ich habe es gesehen. Ich habe es gesehen!"
Aufgeregt klopfte sie immer wieder an die Scheibe. Michael kurbelte die Scheibe herunter.
„Was haben sie gesehen?"
„Den Nebel. Ich ging gerade mit meinem Hund hier entlang als ich dort oben, dort wo jetzt das Licht leuchtet, einen Nebel sah. Einen außergewöhnlichen Nebel."
„Wie meinen sie das - Außergewöhnlich?"
„So verhält sich kein Nebel. Der hatte ein Ziel. Er sah so formatiert aus, kroch die Hauswand entlang, bis er das Fenster

erreichte. Dann kroch er hinein, man sah ihn gar nicht mehr. Richtig unheimlich."

„Der Nebel kroch nur auf das eine Fenster zu?"

„Ja, wie eine Wolke, hinein und nicht mehr raus, ich sagte doch, richtig außergewöhnlich."

Michael Buschman schüttelte ungläubig den Kopf, schaute auf den Beifahrersitz wo sein Kollege Steffen saß und mit dem Zeigefinger eine Kreisbewegung über der Schläfe machte.

„Andreas", er beugte sich aus dem Fenster und winkte seinem Mitarbeiter zu, „Andreas, bring die Frau bitte auf das Revier und nehme ein Protokoll auf."

Der Angesprochene kam und beugte sich zu seinem Chef hinunter.

„Chef, ist das ernst gemeint?"

„Hör mal, nimm sie mit, tipp das Protokoll und verständige einen Psychologen, ja? Die Frau braucht unsere Hilfe. Ich kann mich jetzt nicht um alles kümmern, also übernimm du das bitte", flüsterte Michael ihm ins Ohr.

„Alles klar Chef. Kommen sie bitte mit", sprach er zur Frau gewandt, faßte sie am Arm und führte sie zum Einsatzwagen. Kopfschüttelnd fuhr er los.

„Eine Verrückte. Mir bleibt heute aber auch gar nichts erspart!" Sie fuhren los. Der nächste Einsatzort lag nur einige Blocks entfernt. Kaum als sie das Ziel erreicht hatten und ausgestiegen waren hörten sie schon die entsetzlichen Schreie einer Frau.

„Schlimm, schlimm", sprach der Arzt, „Ich geh schon mal und kümmere mich um die Frau."

Michael sah ihm hinterher und seufzte ergeben.

„Wäre ich nur nicht aufgestanden, das ist eine miese Nacht heute."

Sein Kollege nickte zustimmend.

Sie gingen ins Haus, in das Zimmer des kleinen Jungen und untersuchten es, während sich der Arzt um die Eltern kümmerte. Sie fanden keine Spuren, weder am Kind, noch im Zimmer.

„Hast du eine Ahnung was hier passiert ist?"

Gerade als sein Kollege antworten wollte piepte dessen Handy. Nachdem er zwei Minuten gelauscht hatte drückte er den Abschaltknopf und wandte sich seinem Freund zu.

„Sag es nicht! Sag jetzt ja nicht das noch ein Kind gestorben

ist."
Steffen sah ihn nur an.

Zwei Stunden später saßen sie ausgelaugt auf der Wache.
Sowas hatten sie noch nicht erlebt, das in einer Nacht so viele
Kinder gestorben sind.
„Das geht nicht mit rechten Dingen zu!"
Michael saß auf seinem Bürostuhl und schüttelte sein Glas ein
wenig, damit sich das Aspirin endlich auflöste.
„Hast du schon den Bericht von den Vierk's durchgelesen?
Dem letzten Fall?"
„Ja, die Mutter ging ins Zimmer, um nach dem Mädchen zu
sehen. Da war das ganze Zimmer voller Nebel. Erinnert dich
das an etwas?"
„Ja, an die Frau, die wir bei den Zwillingen getroffen haben. Der
Nebel! Himmel Michael, vier Kinder sterben und wir haben nicht
den geringsten Anhaltspunkt, als das bei Zweien ein Nebel
aufgetaucht war."
„Ein außergewöhnlicher Nebel. Die Mutter des Mädchen sagte,
kaum da sie das Zimmer betreten hatte, verzog er sich."
„Ja, und das Mädchen war tot!"
Michael stützte seinen Kopf mit den Händen, nickte ein paarmal
Gedankenverloren, als er ruckartig den Kopf hob.
„Was ist denn?„ fragte Steffen.
„Siehst du es nicht, sie sind alle aus einer Klasse!"
„Verdammt, du hast Recht. Wir werden den Rest der Kinder
bewachen lassen. Und bring mir die Klassenlehrerin hierher.
Vielleicht kann sie uns die fehlenden Informationen geben."
„Die Lehrerin? Jetzt? Bist du sicher? Weißt du eigentlich wie
viel Uhr es ist?"
„Wenn ich damit einigen Kindern das Leben rette, hole ich die
Frau sogar aus dem Kreißsaal."
„Ist ja schon gut, Michael"
Steffen sah seinen Freund und Kollegen lange an. Abrupt
stand er auf, ging ins Vorzimmer, um die eben besprochenen
Schritte einzuleiten. Michael sah ihn traurig nach und verfluchte
zum zweiten Mal, das er überhaupt aufgestanden war.

Eine Stunde später saß die Klassenlehrerin vor Michael
Buschmann. Sie zitterte am ganzen Leib, schneuzte in ihr
Taschentuch und räusperte sich.

„Meine Kleinen sind wirklich nicht mehr? Wieso denn? Was ist denn passiert?"
Verzweifelt schaute sie dem Polizisten ins Gesicht.
„Wir wissen es nicht genau. Die Zwillinge Peter und Steffen waren die Ersten die man tot auffand. Dann fand man den kleinen Markus in seinem Bettchen, auch tot. Zuletzt die kleine Sabine. Bis jetzt."
„Wieso bis jetzt? Rechnen sie mit mehr?"
Maike Zimmermann sprang entsetzt vom Stuhl, so heftig, das dieser umfiel.
„Ja, wie rechnen mit mehr", warf Steffen Niedermeier, der gerade das Zimmer mit frischem Kaffee betrat, ein.
„Wir wissen nicht wer oder was die Kinder umgebracht hat. Außer das sie in derselben Klasse waren und bei Zweien ein sonderbarer Nebel bemerkt wurde haben wir keinerlei Hinweise."
„Stimmt", meldete sich Michael zu Wort.
„Sie könnten uns helfen etwas Licht in den Fall zu bringen. Ist ihnen etwas ungewöhnliches aufgefallen? Waren diese Kinder anders als sonst? Hatten sie irgend welchen Kontakt zu Fremden? Einfach alles!"
„Nein, nein, die Kinder waren wie immer. Wir hatten gestern einen Ausflug ins Museum. Die vier Kleinen hängen immer zusammen. Hier in der Schule, beim Spielen und auch sonst. Warten sie...."
„Was ist denn?"
Michael musterte die Lehrerin aufmerksam.
„Da fällt mir etwas ein, aber ich weiß nicht ob das wichtig ist. Gestern, im Museum, hatten sich die Vier von der Gruppe entfernt. Wir mußten sie eine viertel Stunde lang suchen. Selbst der Museumsführer beteiligte sich an der Suche. Wir fanden sie dann unversehrt bei der neuen Mumie. Aber sonst war nichts."
Michael warf einen kurzen Blick zu seinem Kollegen, der ihn wissend erwiderte. Michael Buschmann hatte dieses seltsame Kribbeln erfaßt. Ein Kribbeln, das ihm sagte das er etwas Entscheidendes erfahren hatte. Ein Kribbeln, nein, mehr ein intensives Gefühl in der Magengegend. Im Laufe seiner Berufsjahre hatte er gelernt nicht nur seinem akribischen Verstand zu folgen, sondern auch diesem Gefühl, das sich hin und wieder meldete.
„Würden sie mit uns zu dem Museum gehen und uns die Stelle zeigen an der sie die Kinder fanden?"
„Natürlich, heute ist Samstag, da habe ich keinen Unterricht.

Aber wozu? Was soll das denn bringen?"
„Nun ja, wir müssen jedem Hinweis nachgehen."
„Hinweis? Welchen Hinweis? Sie waren doch nur kurz weg, ein Kinderstreich, Sie wissen schon. Verstecken spielen im Museum..."
Die Frau verstummte. Sie hatte gerade die Blicke bemerkt, die sich die zwei Polizisten zuwarfen.
„Wenn es ihnen hilft."
Ungläubig und resigniert hob sie die Schultern.

Die Fahrt zum Museum verlief schweigend. Frau Zimmermann saß hinten und starrte vor sich hin. Ihr blasses Gesicht und die verweinten Augen sprachen Bände.

Kaum hatten sie den Wagen auf dem Parkplatz abgestellt stand auch schon der Leiter des Museums zur Stelle.
„Sind sie Herr Buschmann?"
Michael nickte und stieg aus dem Wagen.
„Ich soll sie kurz rumführen?"
„Ja, vor allem möchten wir zu der neuen Mumie, welche die Kinder gestern besichtigt hatten."
„Ach Katakana, der Herr des Nebels meinen sie?"
„Wie? Wie war das nochmal?"
Michael riß die Augen auf und auch Steffen konnte seine Verblüffung nicht verbergen.
„Ich habe es geahnt. Ich habe es geahnt", flüsterte er seinem Freund zu.
„Ist ja schon gut. Der Herr des Nebels. Was hat der mit den Kindern zu tun?"
„Weiß ich doch auch nicht, aber der Nebel. Wir sind auf der richtigen Spur!"
Enthusiastisch klopfte er Steffen auf die Schulter.

Sie betraten das Museum. Der Führer vorne weg, gefolgt von den zwei Beamten und der Lehrerin. Michael würdigte den antiken Gegenstände keine Beachtung. Nein, er war gefangen in seinen Emotionen. Er spürte Wut. Wut, weil die Kinder tot waren, nicht mehr lachen würden, keine Streiche mehr spielen und später vielleicht nicht mehr die Welt verändern können. Euphorie, da er dachte, kurz vor des Rätsels Lösung zu stehen, und Angst, das er womöglich aus lauter Kummer den Verstand verloren hat, weil er einer dummen Eingebung folgte.

„Hier ist er. Katakana, der Herr des Nebels. Man fand ihn in einer alten Ruine. Eigentlich wollte man das Schloß renovieren und bei den Bauarbeiten brach die Decke zu dem Gewölbe ein, die einen riesigen Erker freilegte. Auf der einen Seite war die Wand mit Schriftzeichen versehen, die besagten, das hinter dieser Mauer ein ganz unangenehmer Bursche eingemauert war. Zu Lebzeiten schimpfte man ihn den Herr des Nebels, der unzählige Menschenleben auf den Gewissen hatte. Er war eines Tages bei Nebel einfach vor der Burg aufgetaucht."

Michael lauschte den Erzählungen des Mannes und umrundete dabei die Mumie, die in einem Glassarg aufgebahrt war. Vor ihm lag ein toter ausgetrockneter Mann in einem gläsernen Kasten, der wiederum auf einem hölzernen Podest stand.

„Nach und nach gewann er bei Hofe immer mehr Einfluß. Man sagt, das er mit einem Dämon im Bunde war", erzählte der Führer weiter, "und den Inschriften der Wand nach ein sehr jähzorniger Genosse. Widerspruch wurde mit dem Tode bestraft. Er erreichte Dank seiner Grausamkeiten sogar den Stand eines Grafen. Eines Tages, als mutige Untertanen seinem böses Treiben ein Ende setzten wollten und sich vor den Toren der Burg zusammenfanden, nutzte er die Gunst eines plötzlich auftretenden Nebels und metzelte alle nieder. Man sprach von mehr als hundert Toten."

„Oh Gott, Michael! Michael schau dir das an."

Steffens Aufschrei unterbrach die Rede des Mannes. Michael Buschmann blickte erschrocken auf, wandte sich seinem Kollegen zu, der am Kopfende des hölzernen Podestes kniete.

„Himmel, schau dir das an!"

Ein heißes Brennen erfaßte seinen Körper als er seinem Freund ins bleiche Gesicht schaute. Welch entsetzliche Entdeckung hatte er gemacht, das seine Augen so groß und gläsern blickten, als würde der reine Wahnsinn darin wohnen? Michael kniete sich neben Steffen auf den Boden und folgte der mit dem Finger angedeuteten Richtung auf das Podest. Mit einem leisen Aufschrei richtete er sich auf, schüttelte den Kopf, als wolle er verhindern das eine irrationale Erkenntnis seinen Verstand zerstörte.

„Was ist denn? Was ist denn los?" rief die Lehrerin panisch und trat unbewußt zwei Schritte zurück.

„Es wird keine weiteren toten Kinder mehr geben", sagte Michael leise. Tränen standen in seinen Augen und eine

unbezwingbare Wut zeichnete sich auf seinem Gesicht ab.
„Wieso nicht?"
„Kommen sie her und sehen sie selbst!"
Er stand langsam auf .
Zögernd wandte sich Maike Zimmermann dem Sarg zu, kniete
sich nieder und betrachtete mit einem entsetzten Erstaunen die
mit kindlicher Hand gekritzelten Worte:

Wir waren hier!
       Peter
         Steffen
            Markus und Sabine.

ENDE

Exitus

Kurzgeschichte von Birgit Raule

Ein lautes Krachen riß Melanie aus dem Schlaf. Sie wischte sich mit der Hand über die Augen und lauschte angestrengt. Was war das? Hat ein Flugzeug die Schallmauer durchbrochen? Melanie warf ihre Beine aus dem Bett, setzte sich an den Rand. Nur langsam konnte sie ihre Augen öffnen. Auf einen Schlag war sie hellwach. Die Welt um sie herum hatte sich verändert. Ihr Zimmer war in ein sonderbares Licht getaucht, das in allen Regenbogenfarben schimmerte. Leichte Dunstwölkchen umhüllten die Gegenstände. Ihr Bett, ihr Schrank, das Fenster, der Boden, ja, sie selbst schimmerte in einer Art Licht, das die Esoteriker als Elmsfeuer oder Aura bezeichnen würden. Melanie wischte sich nochmals über die Augen. Vielleicht konnte sie damit die Erscheinung wieder verschwinden lassen? Nein, auch nach mehrmaligen Blinzeln, die Lichter blieben. Angst packte das junge Mädchen.
"Andre?"
Sie lauschte wieder. Hörte nur ein eigenartiges tiefes Summen, mehr wie ein Vibrieren, das stetig anschwoll und wieder abklang. Ein Flüstern in weiter Ferne, als würden sich Leute unterhalten. Dumpfes Rufen. Alles wie durch Watte. Zitternd verließ sie ihr Bett, wandte sich der Tür zu die in den Flur führte. Langsam, sich ängstlich nach allen Richtungen umschauend, verließ sie ihr Zimmer. Der Flur leuchtete genauso. Melanie keuchte.
„Andre?"
Unbeholfen taumelte sie den Gang entlang, schluchzte und wagte sich nicht Halt an den Wänden zu suchen, die in diesem sonderbaren Licht getaucht waren. Plötzlich erklang ein lautes Flattern über ihrem Kopf. Ein dunkles Etwas, ein Vogel der kein Vogel war, erschien an der Decke und stieß mit einer immensen Geschwindigkeit auf den Boden zu. Farbige Kreise breiteten sich aus, als dieses dunkle Etwas in den Boden tauchte und verschwand. Melanie schrie. Ihr Schrei manifestierte sich in einem leuchtenden Sternenregen, der aus ihren Mund schoß, so als würde sie den Rauch einer Zigarette auspusten.

Ein dumpfes Pochen drang stetig ansteigend an ihr Ohr. Immer lauter und näher kam das ungewohnte Geräusch. Melanies Phantasie zog eine Parallele zu Jurassic Park. Dieses dumpfe Poltern als der T-Rex erschien. Sie war dem Wahnsinn nahe. Das Poltern kam immer näher zu ihrer Haustür. Sie wohnte im dritten Stock, also konnte es nichts anderes sein. Jemand benutzte die Treppe. Nur was kam die Treppe hoch? Welches Ding machte solche Geräusche? Plötzliche Stille.

An der Haustür erschien ein rosafarbiges Leuten, das kreisflächig durch die Tür drang. Ein rosaner Sternenregen, gleich ihren Schreien, das sie ausgestoßen hatte. Sie lauschte. Leise vernahm sie ihren Namen.

„Melanie? Melanie? Alles in Ordnung? Melanie?"

Erleichtert rannte sie zur Tür und riß sie auf. Auch im Treppenhaus war die Veränderung vorhanden. Andre war in ein schwummeriges Licht gehüllt. Er schaute sie besorgt an.

„Gott sei Dank! Du bist in Ordnung. Mann, hast du das mitgekriegt. Ich war gerade auf der Treppe, siehst du? Ich hatte Brötchen geholt, nun ja, ganz plötzlich gab's diesen furchtbaren Knall, das ganze Haus zitterte..."

Melanie lies ihren Freund nicht ausreden, sondern warf sich an seinen Hals und fing hemmungslos an zu schluchzen.

„Es ist so gruselig, siehst du auch dieses Licht?"

Andre nahm seine Freundin in seine Arme und strich ihr beruhigend über den Rücken.

„Ja, ich sehe es auch. Jeder Gegenstand, selbst wir sind in dieses Licht getaucht. Was ist das nur?"

„Ich weiß es doch auch nicht. Denkst du, wir haben den Verstand verloren?"

Achselzuckend stand er vor ihr und zog seine Stirn in Falten.

„Wenn ich doch nur wüßte, was das zu bedeuten hat."

„Wie ist es draußen?" fragte Melanie schniefend.

„Ich weiß nicht, ich war auf der Treppe als dieser Knall kam. Laß uns raus gehen, vielleicht ist es nur im Haus."

Aus reiner Gewohnheit verschloß sie die Tür und merkte dabei nicht, das sie außer ihrer Unterwäsche nur ein T-Shirt trug. Andre faßte seine Freundin an der Hand und führte sie die Treppe runter. Sie erreichten gerade die zweite Etage, als dort die Haustür aufgerissen wurde. Eine verzweifelte Frau mit tränenverschmiertem Make up torkelte ihnen entgegen.

„Meine Kinder! Meine Kinder sind nicht hier! Sie sind nicht mehr hier!"

Entsetzt schaute Melanie ihren Freund an, der die Frau aufgefangen hatte bevor sie zu Boden stürzen konnte.
„Was ist passiert?"
Die Frau rollte wild mit den Augen, die sie schreckensweit aufgerissen hatte.
„Ich bin durch diesen Furchtbaren Knall aufgewacht und habe danach gleich nach meinen Kindern gesehen. Aber sie waren nicht mehr da. Nicht mehr da, meine Kinder!"
Laut heulte sie auf, wieder erschien dieser Sternenregen aus ihrem Mund während sie sprach.
„Wir sehen mal nach, bleiben sie hier sitzen. Melanie und ich sehen nach", sprach Andre und schubste seine Freundin in die Wohnung. Auch hier waren die Wände, der Boden, einfach alles in ein schwummeriges Flimmern gehüllt. Von der Diele konnte man direkt ins Kinderzimmer sehen. An der gegenüber liegenden Wand stand ein Doppelbett, das mit Kinderspielzeug gesäumt war. Andre und Melanie gingen ins Zimmer. Auf der Gegenseite stand noch ein einzelnes kleines Bett. Die Bettdecken waren zerwühlt. Die Betten leer.
„Hör doch! Hörst du das auch?"
„Was denn?"
„Du mußt ruhig sein!"
Andre lauschte.
Leise, so als ob sie sich unter Wasser befänden und am Beckenrand Kinder stünden die riefen, genauso drangen ihnen die schwachen Schreie entgegen. Kinder riefen nach ihrer Mutter. Man konnte die Verzweiflung aus den Stimmen hören. Die Panik. Melanie schloß ihre Augen und Tränen rannen über ihr Gesicht.
„Mein Gott! Was geschieht hier nur? Ich verliere noch meinen Verstand."
„Sie leben, hörst du sie denn nicht? Die Kinder leben!"
Andre schüttelte seine Freundin. Er schüttelte sie hart und heftig, auch er konnte seine Verzweiflung nicht mehr unterdrücken. Zu Bizarr war die Situation. Sie suchten mit ihren Augen das Zimmer ab, aber sie konnten die Kinder nicht entdecken. Von weiter Ferne drang wieder das Rufen, mal lauter, als würden sie näherkommen, mal wieder entfernter. Plötzlich erschien um sie ein rotes und blaues wellenförmiges Licht, das abwechselnd den vorherrschenden Schimmer übertrumpfte. Melanie stürzte aus dem Zimmer, hastete aus der Wohnung und lief Richtung Treppe. Andre hatte Mühe ihr zu folgen.

Sie hastete die Treppe hinunter und blieb erst stehen als sie vor dem Haus stand. Sie blieb nicht nur stehen, nein, Andre hatte den Eindruck als wäre sie vor eine Wand gelaufen. Stocksteif stand sie auf der Stelle. Ihre Augen und ihr Mund waren weit aufgerissen, in ihrem Blick stand der pure Wahnsinn. Schweißperlen schimmerten auf ihrem Gesicht, das angstverzerrt von rotem und blauem Leuchten abwechselnd angestrahlt wurde. Andre erreichte sie unter Keuchen und jetzt sah auch er, was seine Freundin so erschreckte. Vor dem Haus, mitten in der Luft, schwebten paarweise eine rote und eine blaue Lichtquelle. Wieder diese dumpf hallenden Stimmen. Wenn man genau hinhörte konnte man einige ungenaue Gesprächsfetzen erhaschen. Mal laut, mal leise. Ein warmer Lufthauch streifte ihre Körper, erst an der einen Seite, dann von der anderen.

„Da, siehst du? Weiter vorne scheint es ruhiger zu sein."
Melanie schaute in die angedeutete Richtung.
„Dort steht einer, das ist Jan. Jan von der ersten Etage. Gehen wir zu ihm."
Sie überquerten den Platz, wobei sie einen großen Bogen um die Lichtquellen machten. Jan winkte ihnen zu, deutete ihnen mit einer Handbewegung das sie sich beeilen sollten.
„Jan", keuchte Melanie als sie ihrem Nachbarn gegenüber stand, "Jan, weißt du was hier los ist?"
Jan war auch in diesem Schimmer gehüllt, aber trotzdem konnte man erkennen, das auch er nervlich sehr angegriffen wirkte.
„Nein, nein, ich dachte ihr hättet wenigstens eine Erklärung, eine Erklärung vor allem wegen dem da..."
Er deutete nach oben. Ein riesiger dunkler Schatten, der einer Kaulquappe ähnelte kroch über den Himmel. Oder das was der Himmel sein sollte. Alles war verändert, schimmerte und dröhnte.
„Ich weiß nicht was hier gespielt wird. Wenn dies aber ein Alptraum ist will ich sofort aufwachen."
In Jans stimme wog die Verzweiflung immer lauter.
"Seht ihr? Da vorne wohnt meine Mutter. Ich bin durch den Knall aufgewacht, rausgerannt und zu ihrem Haus gelaufen. Und was war? Wißt ihr was war?"
Andre zuckte mit den Schultern. Er legte seine Hand auf Jans Arm um ihn zu beruhigen. Mit leiser Stimme redete er auf ihn ein.

"Bleib ruhig, bleib ganz ruhig. Niemanden, am allerwenigsten dir, nützt es, wenn du jetzt deinen Verstand verlierst!"
Jan atmete tief ein.
„Es war keiner da. Niemand ist hier. Wir sind alleine oder seht ihr sonst noch jemand?"
„Die Frau von der zweiten Etage ist noch hier, sie ist oben im Treppenhaus. Aber ihre Kinder sind weg."
Melanie weinte während sie sprach.
„Vier Leute? Ist das alles? Vier Leute? Wo sind die anderen? Wo?"
Auch Andre sah sich um, sah die Straßen entlang. Er sah kein Auto fahren, kein Bus fuhr an die Haltestelle. Selbst das Gerüst der Schwebebahn, das Wahrzeichen Wuppertals, stand verlassen und kalt. Nichts bewegte sich, außer den Lichtern. Sie schienen sich einem unbekannten Gesetzt folgend zu bewegen, welches mit der irdischen Physik nichts mehr gemein hatte.
„Mein Gott! Was passiert hier nur? Ich kann kein menschliches Wesen entdecken, keinen Vogel oder sonst irgendwelches Getier, nicht mal Insekten. Seht ihr welche?"
Jan drehte sich immer schneller im Kreis, so als wolle er sämtlichen Sehbereich auf einmal erfassen.
„Nein, ich sehe nur die Häuser. Aber sie schimmern so komisch. Alles schimmert hier. Selbst unsere Gespräche, seht ihr."
Melanie formte übertrieben ihren Mund zu einem großen A und sprach den Laut langsam und anhaltend aus. Der Ton gebar sich wieder in einem hellen Strahl.
„Was ist das nur?"
„Meine Uhr funktioniert nicht mehr", sagte Andre verzweifelt, so als würde diese Erkenntnis endgültig seinen Untergang bedeuten. Alle schauten auf ihre Uhren und keine funktionierte. Melanie, die eine neumodische mit vielen Leuchtziffern besaß, zeigte 96:73. Melanie nahm sie von ihrem Handgelenk und schmiß sie weg.
„Da", rief Jan.
Die Frau, die ihre Kinder vermißte, kam auf die kleine Gruppe zugelaufen. Scheinbar hatte sie sich ein wenig besser in der Gewalt, denn ihr Blick war nicht mehr so irre.
„Ich habe meine Kinder gehört! Sie leben, ich kann sie zwar nicht sehen aber ich weiß das sie leben! Ich muß jetzt nur noch einen Weg zu ihnen finden. Kommen sie mit?"
Sie schaute die zwei Männer und die Frau fragend an.

Wieder flog ein dunkler Schatten über sie hinweg. Melanie faßte Andre und Jan an der Hand und nickte ihnen zu.

"Wenn wir hier bleiben ändert sich bestimmt nichts. Laßt uns umschauen, vielleicht finden wir doch noch andere Leute."

Sie gingen zusammen an den Straßenrand und wandten sich zur Stadtmitte.

„Ich versteh das nicht", grübelte Jan leise zu Andre.

„Ich auch nicht, ich tippe mal auf eine Atombombe und wir sind die Überlebenden."

„Nein, da müßte es hier nur so von Leichen wimmeln aber siehst du welche?"

„Nein."

Andre zuckte mit den Schultern als wollte er sich für seine dumme Annahme entschuldigen. Langsam verdunkelte sich die Umgebung. Die Farben erstrahlten noch immer nur lagen sie jetzt wie in einem düsteren Nebel.

„Himmel, was ist denn jetzt los? Hört das denn nie auf? Ich verliere noch meinen Verstand."

Die Männer schauten sich um.

„Es wird Nacht", rief Andre erstaunt.

Langsam gingen sie schweigend weiter und registrierten stumm die veränderte Welt. Keiner rief mehr "Schau mal hier" oder „Schau mal da."

Nichts. Jeder verhielt sich still, so als könne eine neue Entdeckung die man kund gab einem den Verstand auffressen. Sie erreichten schon die Fußgängerzone von Barmen, als sich Melanie zu Wort meldete.

„Ich glaube ich habe Hunger. Ich bin mir nicht sicher, aber so ein komisches Gefühl macht sich in meiner Magengegend breit."

„Du hast recht, wir alle könnten jetzt etwas Eßbares vertragen", stimmte Jan ihr zu.

„Da vorne hat eine Bäckerei auf "

Die Frau deutete zur rechten Seite, an der ein Schild die Backwaren pries. Melanie betrat den Innenraum, ging hinter die Theke und spielte Verkäuferin.

" Was hätten die Herrschaften denn gerne? Dieses wunderbare belegte Brötchen mit Schinken? Oder dieses mit gebratenen Fleisch? Oder wie wäre es mit diesem Käsebröööö..."

„Was ist denn? Was hast du denn?" rief Andre besorgt und war sich nicht mal sicher, ob er die Antwort überhaupt hören wollte.

„Ich kann sie nicht anfassen. Seht doch!"

Demonstrativ führte sie die Hand über die Auslage. Als sie über einem belegten Brötchen innehielt und die Finger absenkte, glitten deren Spitzen in das Brötchen. Das Brötchen schien die Hand aufzusaugen. Mit großen Augen starrte sie zu der kleinen Personengruppe die sie anstarrte als hätte sie den größten Zaubertrick aller Zeiten vorgeführt.
„Ich will jetzt sofort aufwachen. Sofort!"
Jan stand mit zugekniffenen Augen und die Arme um den Kopf geschlungen zitternd da.
„Ich werde es versuchen."
Andre stellte sich hinter Melanie und versuchte ein Brötchen zu greifen. Leider mit demselben Ergebnis. Die Finger drangen durch das Brötchen als würde es aus Luft bestehen. Seufzend wandte er sich ab.
„Hab jetzt eh keinen Hunger mehr!"

Sie standen mit gesenkten Köpfen in einer Gruppe. Niemand sprach mehr ein Wort bis die Mutter laut aufschrie. Eine dunkle Wand aus Nebel kam direkt auf sie zu.
„Lauft! Schnell!"
Jan schrie und sprintete los. Andre riß seine Freundin am Arm und zog sie zum Ausgang. Durch den Ruck den er ihr verpaßte prallte sie auf die immer noch schreiende Frau und warf sie dabei um. Eine Hektik erfaßte die Frauen die panikartig auf die Füße kommen wollten.
„Raus! Nur schnell raus!"
Stolpernd kamen sie dem Ausgang immer näher, dicht gefolgt von der dunklen Nebelwand die den Abstand zu ihnen stoßartig verkleinerte.
„Mein Gott! Oh mein Gott" schrie Melanie außer sich vor Angst.
Ein leichtes Kribbeln erfaßte ihren Rücken, Ozongeruch stieg ihr in die Nase und in den Augenwinkeln sah sie, das der Nebel sie eingeholt hatte. Er umschloß sie ganz, verschluckte sie.
Einen Moment lang war sie unfähig zu atmen oder sich zu bewegen. Sie schien wie eingefroren. So wie der Nebel sie umfaßt hatte, so verließ er sie auch wieder. Der Nebel war jetzt vor ihr und zog immer weiter weg.
„Ihr müßt stehen bleiben. Es passiert euch nichts! Bleibt stehen!"
Ihre Stimme überschlug sich. Sie sah wie der Nebel sich weiter bewegte. Zuerst sah sie auf dem Boden ein paar Schuhe, dann die Beine, schließlich den ganzen Körper. Jan hatte sich auf

den Boden geworfen, den Kopf zum Schutz in seine Arme vergraben. Sie sah dann auch die Frau und Andre.
Der Nebel zog einfach über sie hinweg, als wäre dies das normalste auf der Welt. Kein Laut drang über ihren Lippen. Alle standen sie wie unter Schock. Langsam krochen sie aufeinander zu, drängten sich dicht aneinander, umklammerten sich wie verängstigte Kinder.

„Da seid ihr ja."
Eine helle Stimme erklang klar und sanft.
Andre schaute auf und erblickte vier leuchtende Gestalten, welche die Umrisse eines Menschen hatten. Sie bestanden ganz aus reinem, hellen Licht. Ihre Gesichtszüge waren schwer zu erkennen, aber das was die zwei Männer und zwei Frauen sahen nahm ihnen jede Angst. Eine wohltuende Ruhe überfiel sie. Sie spürten mit einem Schlag Zufriedenheit und Glück.
„Wir haben euch leider verpaßt. Das ihr von dieser Welt geht war gar nicht geplant."
„Wie meint ihr das?"
Melanie wisperte die Frage vor sich hin und war sich mit einem Mal bewußt was passiert war.
„Es war eine Gasexplosion, nicht wahr?"
Auch Andre hatte plötzlich die Gewißheit des Geschehenen.
„Ja", sprach eines der Wesen und fuhr sanft fort "Verzeiht uns, das wir zu spät ankamen, aber wir haben hier echt viel zu tun. Wir geleiteten gerade die Opfer eines Autounfalles zur anderen Seite als euch der Tod ereilte."
Die Gestalten kamen näher. Jeder nahm sich eines Menschen an, zog ihn vom Boden hoch und umarmte ihn zärtlich.
„Gehen wir."

ENDE

Der Teufelsstein

Kurzgeschichte von Birgit Raule

Kaltes Mondlicht fiel träge durch die Bäume. Eine Eule kündigte lauthals die Ankunft der Nacht an. Ein kleines Waldtier raschelte im Unterholz. Normalerweise wäre Birgit von diesem Szenario entzückt gewesen, nur heute schenkte sie der Schönheit der Natur keine Beachtung. Langsam rollten die Tränen über ihr Gesicht. Ein trockenes Schluchzen brannte in ihrem Hals. Noch immer konnte sie es nicht fassen, was dieser Mistkerl ihr angetan hatte. Sie ärgerte sich über ihre Dummheit, ihr blindes Vertrauen, das sie ihm aus Liebe geschenkt hatte. Unbändige Wut beschlich sie und mehr als einmal zu dieser Stunde wünschte sie diesem Mann den Tod. Ihr Innerstes schrie so stark nach Rache das ihr ganz übel wurde. In der Nähe wuchsen riesige Steine aus dem Waldboden, wie von Gottes Hand achtlos gesät. Birgit steuerte auf den größten zu, der thronend in der Mitte lag, gesäumt von unzähligen kleineren Felsen. Der Felsen war sehr kalt als sie sich draufsetzte. Ein klammes Gefühl schlich durch ihre Hose. Wäre sie nicht so traurig gewesen, wäre sie nicht so in ihren Gedanken vertieft gewesen, dann hätte sie das glimmende Leuchten bemerkt, welches den Stein beschlich. Als sie es bemerkte war es zu spät...

Eisige Kälte kroch in ihren Körper, fraß sie immer mehr auf. Vor Schmerz und Angst schrie die Frau laut gellend in die dunkle Nacht. Vögel flogen erschreckt in den Himmel. Verzweifelt rollte sich Birgit von dem Felsen, versuchte dem nahen Tod zu entkommen. Noch immer kroch die Kälte in ihrem Körper weiter. Ihre Beine waren gelähmt, so daß sie sich mit Händen über den Boden zog. Plötzlich wurde sie von unsichtbaren Händen an den Füßen gepackt, wurde über den Boden gezogen, in Richtung der umkreisenden Steine. Verzweifelt versuchte sie sich mit den Händen festzukrallen, riß sich die Fingernägel ab. Frisches Blut markierte die Rillen, die ihre

Finger hinterließen. Ruckartig wurde sie gestoppt und in die Höhe gerissen, so daß sie nun aufrecht stand. Birgit schaute sich ängstlich um, schluchzte verzweifelt. Dann schrie sie. Schrie wie noch nie ein Mensch zuvor geschrien hatte. Ihre Augen quollen aus den Höhlen, Blut tropfte aus ihrer Nase. Sie warf den Kopf in den Nacken und rief verzweifelt um Hilfe. Aber niemand war in der Nähe. Niemand hörte ihre Schreie und niemand bemerkte wie ihre Füße in den Waldboden gezogen wurden. Niemand sah sie sterben...

„Ich weiß ja, das du es eilig hast, Bleifuß, aber das geht zu weit!"
Ralph sah zu seinem Freund Ingo, der krampfhaft am Steuer saß und auf die Straße starrte. Ingo sah ihn strafend an.
"Wenn deine Schwester verschwunden wäre, würdest du noch schneller fahren!"
„OK, OK, schon gut! Ich halt ja schon meine Klappe. Wann sind wir eigentlich da?"
„Ich dachte du wolltest die Klappe halten?"
„Ist ja gut!"

Eine Stunde verging schweigend.
„Ähm", räusperte sich Ralph, worauf er von Ingo sofort scharf angeschaut wurde.
„Eine halbe Stunde noch, dann sind wir da!"
Ralph hob beide Arme hoch, als Zeichen der Beschwichtigung.
„Hab doch gar nichts gesagt", grinste er.
Ingo umklammerte das Lenkrad immer fester. Die Knöchel traten schon weiß hervor und ihm beschlich das Gefühl seinem Freund gleich an die Kehle zu springen.
„Ich will ja nicht stören...", begann Ralph erneut.
„Dann sag auch nichts."
„Ich will wirklich nicht stören, aber es wäre schon Edel von dir mir wenigstens zu erklären was eigentlich passiert ist. Zuerst schmeißt du mich aus den Bett, zerrst mich ins Auto, rast wie wild über die Autobahn und das einzige was ich weiß ist, das deine Schwester verschwunden ist. Nun sag' schon. Sonst kannste auch nichts für dich behalten."
Noch immer auf die Straße starrend brauste Ingo schweigend weiter. Plötzlich riß ein helles Klingeln die Stille im Auto entzwei. Es war das Handy.

Ralph ärgerte sich. Über das Verhalten seines Freundes, über seine Sturheit und seine Handy-Manie. Ralph war sich sicher, würde Ingo einmal sterben, würde er in seinem Testament verfügen mit einem Handy beerdigt zu werden.

„Gehste denn nicht dran?"

Ihm ging das ständige Geläute auf die Nerven.

„Nein!"

„Nein? Hast du eben ‚Nein' gesagt? So das reicht! Sofort sagst du mir was los ist oder du hältst bei der nächsten Raststätte an und läßt mich raus. Dann kannst du alleine weiter fahren!"

Ingo warf ihm einen kurzen Blick zu.

„Es tut mir leid. Du hast recht. Ich bin nur ganz neben der Mütze. Vor einer Stunde hat mich meine Mutter angerufen. Du kennst doch meine Schwester Birgit? Also, die wollte eigentlich morgen heiraten, aber ihr Fast-Gatte hat sie einfach sitzen lassen. Hat ihr eine riesen Szene gemacht, seine Sachen gepackt und weg war er. Und nicht nur das. Das Konto hat er vorher auch noch geplündert und den Familienschmuck mitgenommen, den sie von der Oma geerbt hatte. Du kannst dir wohl denken, das sie einen Nervenzusammenbruch erlitten hat. Sie ist völlig ausgeflippt und ist weggelaufen. Nun hat man ihre Handtasche im Wald gefunden, aber von ihr keine Spur. Nichts."

„Hmmm", Ralph schüttelte verstehend den Kopf.

"Keine Nachricht? Nur die Handtasche? Sonst nichts?"

„Nein, sonst nichts!"

„Schöne Scheiße."

„Das kannst du laut sagen."

Ingo seufzte.

"Das schlimmste weißt du noch gar nicht. Ihre Handtasche wurde am Teufelsfelsen gefunden."

Ralph konnte mit dieser Information nichts anfangen und fragte deswegen: "Teufelsfelsen? Ich verstehe nicht? Ist das ein schlechtes Zeichen?"

Ingo schaute ihn traurig an.

„Weißt du, da gibt es eine Geschichte. Nun ja, für einen der nicht aus dieser Gegend stammt hört sie sich ziemlich... nun ja, sagen wir mal... abergläubisch an."

„Erzähl schon."

Ralph klopfte seinem Freund auf die Schulter.

"Ich versprech dir auch nicht zu Lachen."

Ingo sah ihn noch immer zweifelnd an.

„Gut, ich erzähl sie dir und wehe du lachst mich aus, ich schwör dir, ich schmeiß dich aus dem fahrenden Auto. Selbst wenn du nur grinst."

Er warf ihm drohende Blicke zu. So drohend, das Ralph ganz spontan in seine Hosentasche griff, ein weißes Taschentuch rausfischte, um damit wild herumzuwedeln.

„Friede. Ich Freund. Erinnerst du dich? Ich Freund und nix Feind."

Ein leises Grinsen schlich sich in Ingos Gesicht, das kurz darauf mit einem Schlag wieder verschwand.

„Wie du ja weißt, wurde ich in einem kleinen Örtchen geboren. So einem wo jeder jeden kennt. Wo die Bürgersteige Nachts hochgeklappt werden und sich Fuchs und Hase gute Nacht sagen."

Ralph nickte wissend.

„Und dieses Dörfchen liegt eingebettet in einem Waldgebiet. Eigentlich sehr idyllisch. Ringsherum nur Wald. Frische Luft, das die Lungen Hossiana schreien. Das Dorf nennt jeder ‚Das Herz Jesus Tal', weil es durch den Wald und die Hügel sehr geschützt liegt. Es gibt dort eine Menge Sehenswürdigkeiten. Schlösser, Burgen und eben diesen Teufelsstein."

Ralph fand Ingos Erzählung nicht so interessant.

„Ja und weiter? Was hat es mit dem Teufelsstein auf sich?"

„Moment, wir sind gleich da, dann erzähl ich dir mehr."

Ingo blinkte und verließ die Autobahn. Eine Landstraße führte tief in einen Wald hinein. Nachdem sie einige Hügel hoch und wieder runter gefahren waren, lichtete sich der Wald und legte ein märchenhaftes Tal frei. Eine einzige Hauptstraße schlängelte sich durch die Niederung. Einzelne Häuser säumten ihren Verlauf. Ingo fuhr den Wagen schlafwandlerisch durch das Dorf und hielt kurz darauf vor einem schmucken Haus. Eine weißhaarige ältere Frau mit verweinten Augen kam ihnen entgegen.

„Das ist meine Mutter", erklärte Ingo seinem Freund, stieg aus und umarmte die ältere Dame.

„Hallo Mutter."

Ralph, der ebenfalls ausgestiegen war und nun neben den Wagen stand hörte das erstickte Schluchzen.

„Ingo. Was bin ich froh, das du da bist."

„Ich weiß Mutter! Ich geh auch gleich los, vielleicht finde ich noch etwas. Irgend ein Hinweis oder so."

Erschrocken starrte die Mutter ihren Sohn an.

"Paß auf dich auf, ja? Sei vorsichtig! Du weißt wie gefährlich der Stein ist."

Ingo warf einen hastigen Blick zu seinem Freund, der ihn erstaunt und fragend anschaute.
„Mutter, keine Angst! Es wird mir nichts passieren!"
Er streichelte seiner Mutter den Rücken, wandte sich ab und schaute Ralph fragend an.
"Was ist? Kommst du mit?"
„Klar. Wohin gehen wir denn?"
„Wir gehen zum Teufelsstein."
„Aha."

Für Ingo waren Worte genug gesprochen, er wandte sich einfach ab und lief die Straße mit großen Schritten entlang.
„Warte doch. Nicht so schnell mit einem alten Mann."
Keuchend lief er dem Davoneilenden hinterher. Als sie beide auf einer Höhe waren, musterte er seinen Freund intensiver. War da eine Spur Angst in seinem Blick? Schweigend liefen sie durch den Wald. Nach einer Stunde wurde es Ralph zu bunt.
„Hör mal..."
„Ja, ja. Noch einen Moment, nur noch diesen Weg rauf, dann sind wir da."
Der Weg führte durch die Bäume steil nach oben. In einer Kurve erblickte Ralph einen kleinen Trampelpfad der sich rechts durch ein Dickicht wand. Er war ziemlich unwegsam, Sträucher krallten sich an die Kleidung der Männer. Plötzlich blieb Ingo stehen und deutete geradeaus.
„Siehst du? Das ist er. Der Teufelsstein!"
Ralph trat näher und betrachtete den großen Stein, der schon fast ein Felsen war.
"Das ist er also? Und? Ich kann nichts besonderes erkennen."
Ingo trat neben ihn und schaute sinnend in die Ferne.
„Nichts besonderes? Dann warte erst mal bis du die Geschichte hörst. Seit Menschengedenken erzählte man sich von einem Schatz, der unter diesem Stein verborgen liegt. Viele halten es für ein Hirngespinst. Aber es gab auch manche die daran glaubten. Vor allem in den schlechten Zeiten. Jedenfalls machten sich einige Dorfbewohner im 13 Jahrhundert auf um den Schatz zu bergen. Sie kamen mit Pferden und Ochsen hier rauf .Dann legten sie eine Eisenkette um den Felsen und spannten das Ende an die Tiere. Sie trieben die Tiere an und als sich der Felsen ein Stück bewegte, hat sich, den Erzählungen nach der Himmel verfinstert."

„Ein Unwetter zog auf?"

„Nein, nicht ganz. Es wurde Nacht. Aber nur in diesem Teil des Waldes."

Ralph sah ihn zweifelnd an.

„Jedes Dorf hat seine eigenen Spuckgeschichten."

„Ja, das schon. Warte erst mal bis ich fertig bin. Also, der Himmel hatte sich verfinstert und dann zog über den Stein ein seltsames Feuer. Rauch drang aus dem Boden, und nun, ja, jedenfalls erzählt man sich das Satan persönlich erschien. Auf dem Felsen. Blitze zuckten umher und die Kette, die um den Stein gespannt war, fing an zu glühen. Glühte und brannte sich ein, wo sie dann zu Stein wurde. Ein einziger, ein einziger Mensch entkam. Er lief ins Dorf um Hilfe zu holen."

"Und dann?"

„Nichts. Alle waren verschwunden. Die Männer, die Tiere, alles weg. Wie vom Erdboden verschluckt."

„Das ist kompletter Unsinn", rief Ralph, "sowas Blödes habe ich schon lange nicht mehr gehört."

„Ach wirklich? Dann sieh dir den Felsen genau an und sag mir was du siehst."

„Wenn es dich beruhigt."

Ralph trat an den Felsen.

„Siehst du es?"

„Was?"

„Siehst du die Kette? Die steinerne Kette?"

„Ach, nun hör doch a..."

Ralph blieb der Kommentar im Hals stecken. Tatsächlich. Um den Felsen war eine steinerne Kette geschlungen. Steinerne Karabiner. Jedes Glied war deutlich abgebildet.

„Das gibt's doch nicht!"

Ingo nickte ihm zu.

„Diese Geschichte kriegt man hier schon im Kindergarten erzählt. Man macht auch Führungen hier hoch. Aber nur bei Tageslicht. Derjenige, der sich Nachts hierher wagt kommt nicht wieder."

Jetzt schluchzte Ingo laut auf. Dicke Tränen liefen ihm über die Wangen und er ging auf die kleinere Felsgruppe zu und setzte sich nieder.

„Mann oh Mann."

Ralph umrundete den Felsen, sah sich um, musterte die Umgebung.

„Hey!"

Erschrocken sah Ingo auf.

"Was?"

„Sieh mal, was sind das für Spuren?"

Er deutete auf die beiden Streifen im Waldboden.

„Wenn du hierherkommst, kannst du sie sehen. Mann, was ist das bloß? Da schimmert ja was, was ist das ? Oh Scheiße!"

„Was? Was hast du gefunden?"

Ingo war zu ihm gelaufen und starrte in sein bleiches Gesicht. Lange sah Ralph seinen Freund schweigend an, dann hielt er ganz langsam den Gegenstand hoch, den er aus den Boden gezogen hatte. Es war ein Finger, direkt an der Wurzel abgerissen. Ein Finger mit dem Verlobungsring seiner Schwester. Tödliche Stille breitete sich im Wald aus. Keiner der Männer sprach ein Wort. Aufseufzend setzten sich beide auf die Steine nieder. Eine leise Dämmerung schlich sich in den Wald. Vögel beendeten ihren Gesang.

„Wir müssen die Polizei herkommen lassen. Sie muß hier irgendwo sein. Sag mal, merkst du das auch? Hier wird es ja dunkler. Wieviel Uhr ist denn?"

Ingo saß immer noch zusammengesunken auf den Stein und schaute widerwillig auf seine Uhr.

„Kurz nach Mittag."

„Es wird dunkel, siehst du das nicht?"

Jetzt beschlich selbst Ralph die nackte Angst.

„Ach ja, weißt du es nicht mehr... Heute ist doch diese blöde Sonnenfinsternis. Aber das juckt mich jetzt gar nicht. Dafür habe ich jetzt keine Nerven."

Teilnahmslos blickte Ingo auf seine Füße.

„Sonnenfinsternis? Sonnenfinsternis?"

Ralphs Stimme wurde immer lauter und panischer.

„Sagte ich doch. Na und?"

„Sonnenfinsternis! Himmel Ingo, es wird Nacht! Hier!"

Mit einem Ruck saß Ingo aufrecht, alles Blut war aus seinem Gesicht entwichen.

"Ach du Scheiße..."

Drei Wochen lang suchte ein Einsatzkommando nach den zwei vermißten Männern. Man durchsuchte jeden Strauch, drehte jeden Stein zweimal um. Rund um den Teufelsstein wurde sogar die Erde umgegraben. Doch man fand sie nicht. Die Suchmannschaft achtete auf alles, nur nicht auf die drei neuen Steine, die den Felsen umrundeten...

ANMERKUNG:

Den Felsen gibt es wirklich. Er liegt in einem Wald nahe der
Bergstraße. Einheimische werden ihnen den Weg zeigen. Nur
besuchen Sie ihn niemals bei Dunkelheit!
Ich finde, dort gibt es jetzt genug Steine!

ENDE

Weitere Informationen zu den Geschichten und Kontakt zu den
Autoren erhalten Sie im Internet unter

http://www.gug-data.de

und

http://members.aol.com/werdanda